당근밭 걷기
안희연 시집

문학동네시인선 214 안희연

당근밭 걷기

시인의 말

나는 너의 왼팔을 가져다 엉터리 한의사처럼 진맥을 짚는다. 나는 이 소리가 세상에서 가장 슬픈 것 같아. 이 소리는 후시녹음도 할 수 없거든. 그러니까 계속 걷자. 당근의 비밀을 함께 듣자. 펼쳐진 것과 펼쳐질 것들 사이에서, 물잔을 건네는 마음으로.

2024년 6월
안희연

우리가 다녀왔어요?

그럼요, 걷는 동안 몇 번이나 폭발음이 들렸는데 못 들었어요?

차례

1부 굳은 모양을 보면

3부 너는 나의 가장 무른 부분

1부

굳은 모양을 보면

밤 가위

가위는 가로지르는 도구다. 가위는 하나였던 세계를 둘로 나누고 영원한 밤의 골짜기를 만들고 한 사람을 절벽에 세워두고 목소리를 듣게 한다. 발아래, 당신의 발아래 내가 있으니 그냥 돌아가지 말아요.

절벽을 떠나지 못하는 사람에게도 가위는 있다. 그는 밤 가위로 밤을 깎는다. 밤의 껍질은 보기보다 단단하다. 밤으로부터 밤을 구하려면 밤도 감수해야 한다. 피부가 사라지는 고통을. 그래도 조각나지는 않는다. 밤 가위는 밤의 둘레를 천천히 걸어 하나의 접시에 당도한다. 당신 앞에 생밤의 시간이 열릴 때까지.

당신 발밑으로 이유 없이 새 한 마리가 떨어진다면 제가 보낸 슬픔인 줄 아세요. 저는 아직 절벽을 떠나지 않았습니다.

발광체

발밑으로 돌이 굴러온다. 어디서 굴러온 돌일까. 쥐어보니 온기가 남아 있다. 가엾은 돌이라고 생각하며

걷다보니 또 돌이 굴러온다. 하나가 아니라면. 거듭해서 말해져야 하는 이야기가 있다면. 나는 간곡한 돌을 쥐고 있다. 바닥을 살피며 걷는 버릇이 생겼다.

돌이 온다 또 돌이 온다. 주머니는 금세 불룩해진다. 더는 주워 담을 수 없는데 계속해서 굴러오는 돌이 있어서. 나는 돌의 배후를 생각하기 시작한다. 무거운 돌은 무서운 돌이 된다.

사방에서 돌들이 굴러온다. 굉음을 내며 무너져내리는 소리가 들린다. 모르는 돌은 무한한 돌.

틀림없이 이유가 있을 것이다. 나는 돌의 의지 앞에 무릎을 꿇었다.

간섭

돌을 태운다
사실은 돌 모양의 초

누가 나를 녹였지?
누가 나의 흐르는 모양을 관찰하고 있지?
돌이 나의 질문을 대신해주기를 기대했는데

돌은
자신이 초라는 사실조차 모르는 듯하다
무고하게 빛난다

돌이 녹는 모양을 본다
돌 아래 흰 종이를 받쳐두어서
흐르는 모양 잘 보인다

너는 시간을 이런 식으로 겪는구나
너는 네게 불붙인 손 사랑할 수 있니

창밖에는 갈대 우거져 있다
횃불 든 사람들 오고 있다

제 머리카락은 심지가 아니에요
발끝까지 알아서 태울 테니 불붙이지 마세요

흰 종이 위에 스스로 올라서서 하는 말

또 한번의 밤이 지난다
아침이 오면 볼 수 있다

나를 사랑하려는
노력의 모양

굳은 모양을 보면
어떻게 슬퍼했는지가 보인다
어떻게 참아냈는지가

갈망

그것은 사람처럼 걷고 있었다

마음이 어두울 땐 환해지고
환할 땐 희미해졌다

당신은 오래 알던 친구 같군요
무심히 말을 걸어본 적 있지만
대답을 들어본 적은 없다
의자를 내어주어도 앉지 않는다

그것은 오인될 때가 많다
비가 오지 않을 때조차 비를 맞고 있다
독성이 있는 사과일 거라고
심장을 옭아매는 밧줄일지도 모른다고

그러나 그것은 다만 기다리고 있다
나무가 모여 숲을 이루는 풍경을 골똘히 바라볼 뿐이다

수많은 이유로 아침을 사랑하고
그보다 더 사소한 이유로 여름을 증오하는 것처럼

숲이 거기 있다는 이유로
숲을 불태우러 오는 사람들을 지켜보며

그것은 조용히 타오른다

까맣게 탄 몸으로 그것은 걷는다
빗방울의 언어가 얼룩으로만 쓰여지듯
흰 종이가 흰 종이인 채로 남아 있더라도
말해진 것이 있다고

발도 없이 문턱을 넘는다
귓바퀴에 고이는 이름이 된다
익숙한 침묵이 낯선 침묵이 되어 걸어나오는 동안

코트룸

맡기러 오는 사람이 있고
찾으러 오는 사람이 있다

나는 프런트에 앉아
그들의 마음을 접수하는 일을 한다

다른 계절을 찾아 여행을 떠나려고요
지겹도록 저 자신이라는 사실을 벗고 싶어요

오늘은 맡기려는 사람이 왔다
나는 그에게 열쇠가 든 봉투를 건넨다
문은 잠겨 있지 않지만 잠겨 있다고 믿는다면 열쇠가 필요할 것이다

방안에는

못 하나
옷걸이 하나
의자 하나

이제 당신은 당신을 벗어 벽에 걸어둘 수 있다
투명해질 수 있다

물고기가 파도에 지치면 어떻게 되죠
시간에 쪼아먹히는 기분이 들어요

마음의 유속을 따라서

반죽 이전의 손이여,
나를 처음부터 다시 빚어줄 순 없는 건가요

당신이 상상할 수 있는 가장 먼 곳까지 떠내려가볼 수도
있다

방문 목적에 따라 방의 구조는 재배열된다
색을 먼저 보고자 하는 이에게는 색을
형태를 먼저 보고자 하는 이에게는 형태를 먼저 보여준다

원하는 만큼 머물 수 있지만
방안의 무엇도 밖으로 가지고 나갈 수는 없다

당신은 들어올 때와 똑같은 모습으로 방을 나선다
다만 당신의 손은 어둠의 조도를 맞추는 방법을 배웠고
믿음이 두 눈을 가릴 때에도 묵묵히 그 일을 한다

격불(擊拂)

그는 휘젓는 사람이다

"차선의 속도와 방향이 일정해야 해요.
거품이 적으면 쓴맛이 강하거든요."

이불 같은
거품이 그의 손끝에서 탄생하는 것을 본다
덮고 누우면 단잠에 빠질 것 같다

얼굴이 호수로 눈코입이 오리로 변하는 상상
꿈의 밑바닥까지 볕이 드는 기분

그러나 그는 휘젓는 사람이다
그는 한 세계를 손에 쥐고 있다
기도할 때의 나는 어디에 속한 존재인지 생각한다

어느 날 얼굴 안으로 불쑥 손이 들어온다면
난간을 붙잡을 새도 없이
소용돌이가 시작된다면

나는 빨려들어가고 있다
살아서 이 모든 것을 보고 있다

대체 뭐가 지나간 거지?
바닥이 드러난 호수에는
한 아이가 웅크린 채 잠들어 있고

누가 채찍을 휘두른 거지?
꿈의 밑바닥까지 불타버린 기분

"인간은 최초의 담벼락을 떠나지 못하도록 조립되었대요.
요즘 들어 신발을 잃어버린 사람들이 자주 보이네요."

그가 내 앞에 향긋한 말차 한 잔을 내밀었을 때

거품 속 어린것들이 아른거린다
한 모금에도 잠기고 한 방울에도 쪼개질 것 같다

예언

그는 꿈처럼 걸어왔다

발 없이 그림자 없이
와서

너는 사과 속에 든 벌레란다, 말했다
가엽다는 듯 뺨을 쓰다듬었다

나는 식은 죽을 먹는다

쉽지 않은 사실을 푹 푹
떠먹으며

식탁은 길을 잃기 좋은 장소 같아, 중얼거린다

사과여서 다행인 순간들은 분명히 있다
돌 속의 새나 벽장 속의 무지개가 아닌 것은 판단이 잘 되
지 않는다

하지만 어디든 들어 있다는 건

좀먹고
상처 입히고

뜬눈으로 밤을 지새워야 하는 일이다

숟가락은 무기가 될 수 있을까
꿀통 속의 벌, 비눗방울 속의 눈망울, 눈 속에 파묻힌 집
에 대해서는 어떤 표정을 지어야 할까

나는 물드는 법을 배워간다
외투를 여미고 양말을 겹쳐 신는 것으로 겨울에 화답하
면서

식은 죽에 얼굴을 파묻진 않을 거야
감은 눈과 감긴 눈의 차이를 생각하며 가고 있다

터트리기

일제히 던진다. 야구공, 돌, 신발, 못…… 온갖 것들이 사방에서 날아든다.

오직 던질 것.
그것이 이곳의 룰.

시작되었으므로 질문은 허락되지 않는다. 유리병, 화분, 흰 벽을 쓰다듬던 장갑에서부터 먹다 만 사과에 이르기까지. 이글거리는 태양 아래 그들은 던진다. 지치지 않고 던진다.

우리는 파괴를 위해 태어난 사람들이에요. 가혹하다고 생각할수록 영혼만 병들 뿐이죠.

하나의 기억을 지우기 위해 우리가 하는 일들. 수십 명으로 쪼개진 내가 한바탕 난장을 벌이고 있다.

꿈에서 깨어나도 여름. 깊은 물속에 나를 두고 와도 여름. 잠시만 딴생각에 잠겨도 모래벌판에 도착해 있고

던져야만 하는 사람들이 보인다. 모두의 손이 불에 탄 듯 새카매져 있다.

나는 그들을 항아리에 쓸어 담는 상상을 한다. 봉인이라
는 단어를 적는 것만으로도 그들은 손쉽게 사라지지만

　오직 견딜 것.
　그것이 이곳의 룰.

　실온에 두면 금세 썩는다고 했다. 알면서도 그대로 두었
다. 여름이 상하게 한 것이 나만은 아니라는 확신이 필요
해서.

썰물

내 안에서
내가 다 빠져나간 뒤에도
끝끝내 남아 있는 내가 있다면

가지라고 불러볼까
볶아먹고 튀겨먹는 그 가지 말이야

물컹한
보랏빛
도마를 서서히 물들이는

가지를 보면 파랗게 질린 입술이 떠오르곤 했다
물속에 너무 오래 있어서
쭈글쭈글해진 손과 발이

가지야, 하고 부르면
멀리서 계단 허물어지는 소리가 들린다
물가에 산다는 건 나조차도 출입할 수 없는 지하실을 갖
게 되는 일이다

쓸려나간 채로 걷기
참신한 가지 요리법 발명하기
지치지 않을 것을 요구하는 식탁에게

매일의 디테일로 맞서는
최선의 사람

내 안에서 내가 다 끓어넘친 뒤에도
끝까지 끓고 있는 내가 있다면
타락죽이라고 불러볼까

타락죽은 우유로 만든 죽
참회나 갱생과는 아무 관련이 없다

소등 구간

한 바구니에 담겨 있어도 골라낼 수 있다
비파 살구 매실

눈을 가린 채 만져도 골라낼 수 있다
비파 살구 매실

내 안에서 굴러나온 것들이니까

비파는 비를 피할 수 없어서
살구는 살아 있고 싶은 날
매실은 매일의 구원을 위해
쌓아놓은 것

나는 바구니를 들고 약수터로 간다
쏟아버리려고

길바닥에 흩뿌리지 않는 것은
나의 작은 예의,

실은 약수라는 말을 믿었다
시간의 효험으로도 소용없는 날들이었다

약수니까 파란 바가지에 한가득

너희들도 마시고 나도 마시고
흙이 이불처럼 너희를 덮어줄 거야
다음 생 같은 건 없기를 빌어

허겁지겁 집으로 쫓겨 오는 길
약수 식용 금지 안내판이 쓰러져 있는 것을 보았다
멀쩡하던 배가 갑자기 아파오기 시작한다

비파는 시름시름 멍든다
살구는 처음 보는 새의 둥지에 들어가 알인 척한다
매실은 산짐승에게도 버려진다 흙도 귀찮아한다

거울에 자기 얼굴을 여러 번 비춰보는 꿈은
똑같은 사람이 여러 번 찾아온다는 뜻이래
아무도 묻지 않은 해몽을 길바닥에 누설하면서

나의 두 발은 약수 없는 시간으로 간다
버린 그대로 있다 고스란히

청음실

우리는 어느 섬에 관해 이야기했다. 그곳엔 팔만 개의 심장소리를 모아놓은 미술관이 있대. 나뭇가지마다 작은 종을 매달아놓은 숲도 있다더라. 바람이 많이 부는 어둑한 날, 그곳에 혼자 서 있는 상상을 해. 너라면 어딜 먼저 가보고 싶어? 자기 심장소리를 녹음해 듣는 쪽? 머리 위에서 천 개의 종이 한꺼번에 흔들리는 기분? 너는 침울한 표정을 짓는다. 지금은 무엇이든 괜찮지만 네가 죽은 뒤라면 사정이 달라질 것 같아. 나는 생각의 물살에 휩쓸려가는 너를 건져 의자에 앉힌다. 우리 지금 살아 있거든? 소리의 감정을 읽는 일에 집중하자. 우리는 다시 세상의 온갖 소리에 관해 이야기한다. 합창단을 찍은 흑백사진을 바라본다. 이 사람들이 부르는 노래 들어보고 싶다. 이중에 살아 있는 사람은 아무도 없겠지. 그 사진은 1900년대 초에 찍혔다. 사막에서는 모래 이동하는 소리가 모래 우는 소리처럼 들린대. 한번은 후시녹음하는 장면을 봤는데 실감나는 빗소리를 위해 무엇이 동원되었는지 알아? 너는 답을 말하지 말라며 나의 입을 가로막는다. 거짓이라는 걸 알고 들어도 빗소리일까? 모래는 그렇게라도 울고 있었던 게 아닐까? 나 지금 부서진 거예요? 이거 내 몸이에요? 믿기지 않아서. 그렇게 따지면 세상에 울음 아닌 소리는 없어. 드릴로 땅 파는 소리, 생선 토막 나는 소리, 태풍에 니무 쓰러지는 소리…… 머리 위로 소방 헬기가 지나간다. 이 방은 존재하는 모든 소리를 다시 듣는 방. 큰불이 났나봐. 너는 나의 왼팔을 가져다 엉터리 한의사처

럼 진맥을 짚는다. 그래도 나는 이 소리가 세상에서 제일 슬 ─
픈 것 같아. 이 소리는 후시녹음도 할 수 없거든. 휘도는 피
의 소리. 피의 리듬. 지휘자는 어디에 있을까? 머리 위로 소
방 헬기가 또 지나간다.

당근밭 걷기

여기서부터 저기까지가 모두 나의 땅이라 했다. 이렇게 큰 땅은 가져본 적이 없어서. 나는 눈을 감았다 뜬다. 있다.

무엇을 심어볼까. 그게 뭐든 무해한 것이었으면 좋겠다. 눈을 감았다 뜨면, 무언가 자라기 시작하고. 나는 기르는 사람이 된다.

주황은 난색(暖色)이에요. 약동과 활력을 주는 색. 그는 머잖아 내가 당근을 수확하게 될 거라 했다. 나는 내가 바라온 것이 당근이었는지 생각하느라 잠시 휘청했으나

아무도 눈치채지 못할 만큼 미세한 쏟아짐이라 믿었다.

하지만 당근은 보고 있었네. 나의 눈빛. 번뜩이며 나를 가르고 간 것.

나의 당근들, 흙을 파고 두더지를 들였다. 눈을 가졌다.

자루를 나눠드릴게요. 원하는 만큼 담아 가셔도 좋아요. 혼자 먹기 아까운 당근들, 수확의 기쁨을 누리며 떠나보낸 땅 위에서

이제 내가 마주하는 것은

두더지의 눈

나는 있다

달빛 아래 펼쳐지는
당근밭

짧은 이야기가 끝난 뒤
비로소 시작되는 긴 이야기로서

긍휼의 뜻

나는 평생 이런 노래밖에는 부르지 못할 거라고
이제 나는 그것이 조금도 슬프지 않다고 담대한 척 고백
해놓고
조금은 슬펐어
철가루처럼

곳곳에 흘린 나를 회수하겠다고
자석을 들고 종종거렸지
날마다 철가루 수북했어

그러다 너를 봤어
단박에 알아보고 물었지
너도 있지 철가루

이상하지,
너와 마주친 순간 왜 하늘에서
철가루가 눈처럼 흩날렸을까
왜 슬픈 장면을 보며 아름답다고 생각했을까

                    *

그날 이후
이따금 너를 소환하곤 해

백지 앞에서 마음이 한없이 캄캄해질 때
너는 등뒤에 집채만한 나무 그림자를 매달고 나타나
나의 이야기를 들어주지

누가 본다고 이렇게 정성 들여 지붕을 색칠하려는 걸까?
땅만 보고 걷는 사람은
거기 지붕이 있는지도 알아차리지 못할 텐데

그러면 너는 단 한 사람*이라고 말해
단 한 사람은 지붕의 색을 이정표 삼아 이곳을 찾아와줄
거라고

*

어느 십일월의 저녁이었지
비가 오고 있었고
밖으로 나왔는데 놀랍도록 날이 포근했어

지구가 단단히 미친 것 같아
인간은 숨만 쉬어도 지구의 붕괴에 가담하고 있어
멋지게 비를 맞으며 살고 싶은데 오늘 또 우산을 샀지 뭐야
그날도 우리는

가방은 필요 이상으로 무겁고
미래는 망가진 장난감이라는 듯 굴었지만

각자의 우산이 있었음에도
하나를 나눠 쓰자 청했어

그렇게라도 새로 산 우산의 쓸모를 구하다보면
걸음이 나란해지고
서로의 몸속에서 피가 도는 박자를 알아봐주면

단 한 사람
멀리서 구하지 않아도 이미 도착한 것일지 모른다고

그때 알았네
한 사람을 구하는 일은
한 사람 안에 포개진 두 사람을 구하는 일이라는 거
계속 계속 우산을 사는 사람은 지킬 것이 많은 사람이라
는 거

*

어쩌면 우리의 임무는 그것인지도 몰라

철가루 눈처럼 흩날리는 날
서로의 목격자 되어주기

멀리서 보니 지붕 칠한 집이 확실히 생기가 돌더라
저도 모르게 혼잣말하고 화들짝 놀라기

서글픈 농담하고 싱긋 웃기

             *

수신인이 물인 편지는 잉크로 써야 한다고
그래야 글자들이 올올이 풀려날 수 있다고

이제야 나는 진심으로 고백해

걸고 쓰느라 부서진 마음 알아봐주는
단 한 사람

수신인이 불인 편지를 쓰기 위해
밤낮없이 장작을 모으는 사람
여기도 있다고

* 최진영.

2부

비를 맞을 땐 비를 맞아야지

밤의 석조전

그곳에 가고 싶다고 생각했다. 밤의 석조전.

낮에는 가본 적 있다. 모든 것이 매끄럽고 선명했다. 기둥의 수, 창문의 투명도, 호위무사처럼 서 있는 나무의 위치까지도.

낮엔 다 볼 수 있었다. 돌인지 자갈인지 모래인지. 손아귀에서 빠져나가는 것이 무엇인지.

그래서 밤이어야만 했다. 백 년 전의 사람들, 백 년 전의 비, 백 년 전의 쇠락 앞으로 나를 데려간다면

모든 돌은 이목구비를 가지고 있고. 나는 이 거대한 돌이 말하게 하고 싶었다.

티켓을 끊고 들어간 밤의 석조전은 인공적인 빛에 휩싸여 있었다. 야행은 어떻게 이루어지는 걸까. 밤의 석조전이 감추고 있는 밤의 석조전으로 들어가려면.

눈은 들여다볼 수 있을 뿐 열지 못한다. 닫을 수 있을 뿐이다.

여러 겹의 달빛을 빠져나오며 생각했다. 한 사람이 눈을 감았다 뜨는 소리는 몇 데시벨일까. 꽃병 속에서 줄기가 짓

무르는 소리는?

  몇 걸음 못 가 돌아봤을 때, 아닌 척 눈을 부릅뜨는 밤이
보였다. 실핏줄이 드러나 피곤해 보이는 눈이었다.

떨기나무 아래

오늘은 제대로 흔들 거야. 발악하고 싶어.

늘 홀로 이곳을 찾아와
몸을 핥다 가는 개에게 말을 건다.

너도 필요하지? 숨어 있을 곳.
가볍지도 무겁지도 않은 핑계 같은 거.

어쩐 일인지 오늘은 인간의 기척이 있다.
그늘을 독차지한 개를 보고
못난 것, 못난 것 쏟아질 듯 달려온다.

할머니, 제가 보이세요?
오랜만에 본 인간이라 더 세게 흔들렸는데

풍향계는 여전히 멈춰 있다.
할머니가 개를 안고 돌아간다.

손끝이 탈 듯이 뜨겁다. 떨림이 멈추지 않는다.
못난 것, 못난 것 두 번 말하며
품에 안아 돌아가는 집.

너구나, 너였구나.

저녁이 나를 찾아내주기를 기다려.

매 순간 불타고 있다고 외쳤지만 아무도 듣지 않았네.

글라이더

1
일기장에는 그들 각자의 신이 살고 있다

나의 역할은
그들이 원하는 신이 되어주는 일

2
나는 보라고 펼쳐놓은 것을 본다

세 사람이 놀이터에 있었어,
어제의 고백은 사실로 시작됐는데

이름 모를 풀이 주변 모든 풀들을 죽였어,
오늘의 고백은 의심으로 시작된다

3
그래서 너를 쏟았구나? 영락없는 혼자였구나?
아마도 당신은 그런 말을 기대했겠지만

신이어서 좋은 건
입이 없다는 것

나는 대답 대신

꽃병에 담긴 물을 천천히 썩게 한다
창밖에 어린 소년을 세워두고 알전구처럼 깜빡이게 한다

4
몸이 허한가봐, 자꾸 헛것이 보여
소년은 여름 내내 당신을 맴돈다

물의 얼굴로 와서 불의 얼굴로 돌아가기도 하고
불의 얼굴로 와서 물의 얼굴로 돌아가기도 한다

5
시든 꽃을 버리는 것과 소년을 날려보내는 건 같은 동작
이다

썩은 물 같던 여름이 끝났어,
당신의 문장이 뜻하지 않은 진실을 향해 갈 때

여름의 활공장은
어디에나 있고 어디에도 없다

나의 시드볼트

금고를 열면
씨앗처럼 웅크린 사람이 있다

함부로 열지 말랬잖아 한번 죽었으면 됐잖아 비극도 습
관이야
그는 항상 투덜대면서도
번번이 밖으로 걸어나와 자신의 이야기를 들려준다
그에게는 같은 이야기를 매번 다르게 하는 재주가 있다

그가 다녀간 후엔
하늘이 핏빛으로 물들고
방안엔 서늘한 기운이 감돌고
개들은 침대 밑으로 기어들어가 시름시름 앓고
온 벽은 이끼로 뒤덮이지만

나는 그가 죽음을 말하는 방식이 좋다
나는 이 누수를 멈추고 싶지 않다

그는 귀신같이 내 눈빛을 읽는다
누가 누굴 구할 수 있다고 생각해? 신이라도 된 것처럼
말하네
너는 나의 진짜 얼굴을 본 적이 없어

언제나 그는 처음의 자리로 돌아간다
흙에 묻혀 기다리는 씨앗의 일을 한다

한 방울씩 물 떨어지는 소리가 들릴 거야, 그게 너의 영
원이야
그의 마지막 인사는 십 년이 지나도 똑같다

아무리 둘러보아도 물 새는 곳은 없다
그래도 물이 떨어진다

립살리스 레인

기지개를 켜자 손끝에

있다,
비처럼 쏟아지는 네가 있다

위아래가 뒤바뀐 삶도 있다고
뻗치고 헝클어지는 게 일이라고
—멀리서 보면 폭포 같지요? 당신 안에도 나 있지요?
봉두난발 머리칼 속에 맹랑한 눈동자를 숨기고
빤히 본다

이것이 슬픔이라면
나는 너를 가리고 싶어질까 다듬고 싶어질까
머리카락에 들러붙은 껌처럼
싹둑 잘라버리면 그만이라고 생각할까

하지만 이것이 환희라면
그런대로 귀엽다는 생각이 든다
산타 모자를 씌워주고 싶다고도 생각한다

그런 건 만들어진 이미지
덧씌워진 의미
—비를 맞을 땐 비를 맞아야지, 왜 자꾸 거울을 찾아요?

중요한 건 기지개, 기지개

매달려 있군요
목을 꺾어 당신을 봅니다
두 문장은 같은 말 같지만
한 문장 속에선 속눈썹 하나 젖지 않고 한 문장 속에선 기
억까지 흠뻑 젖는다

키 작은 아이가 찬장 속 곶감 단지를 발견한다면
높이를 계산하기 전에 일단 손부터 뻗을 것이다

아이는 튀어오른다
곶감을 먹을 땐 곶감을 먹는다
그것도 아주 맛있게 남김없이
이미 한 손은 미래의 꿀단지 속에 집어넣고

토끼굴

토끼는 의미를 덧씌우기 좋은 동물이다

너에겐 삶이 선물이니? 물으면
굴을 파는
그럼 저주 같니? 물어도
굴을 파는

내일은 다를 거라 믿고 싶을 때
너무 오래는 말고 한 사나흘만
나를 좀 갖다 버렸으면 싶을 때

빈 공책을 갖게 되었다고 생각한다
토끼는 그럴 때 나타난다

순백의 토끼 더러운 토끼 겁에 질린 토끼 속는 토끼
시시각각 얼굴을 바꾸며

토끼는 몇 겹의 세계를 건너간다
창밖에는 백 년 전의 눈이 내리고 있다

겨우 이런 곳에 오고 싶었넌 서야?
이곳에선 너 자신이 될 수 있다고 생각해?

박힌 못을 빼는 심정으로
계속 질문을 건네보지만

결국은 내가 만든 날씨
깊어진다는 착각

일렁이는 불은 화면 속에 있고
이곳엔 추위를 느끼며 토끼 탈을 뒤집어쓴 내가 있을 뿐
이다

빈 공책을 할퀴고 지나간다, 바람소리
깨어 있는 나를 어디까지 깨우려는 것일까, 한낮의 자명
종소리

토끼 탈을 벗어 곁에 둔다
나란히 앉을 수 있는 의자여서 다행이라 생각하면서

모든 시간이 다 자국이라는 사실이 중요하다
꽁꽁 언 얼음 아래서 들려오는 기척
아직 있다

초령목

듣고 싶은 말이 있어서 갔다
부를 초에 영혼 령 자를 쓴다는 나무

나무는 말이 없었고
깊은 그늘 속에 잠겨 있었다

다급한 것은 오히려 내 쪽이었다
쳐서 지나니 여름 복숭아의 효험도 약해지네요
무릎에 난 멍이 한 달 지나도 사라지지 않아요
아끼던 컵을 깼는데 계시일까요

나무는 말이 없었고
해는 서쪽, 흔하디흔한 방향으로 졌다

순 거짓말
뭐라도 깃들 것 같은 이름이었는데
조금은 다를 거라 기대했는데

해가 진 뒤에도
부른다고 오는 영혼 같은 건 없었다

나무는 너무
나무이기만 한 나무

내 식대로 나무를 나무라면서

벽돌에 깃든 새
글러브에 깃든 공
수영장에 깃든 날개를
상상했다

한밤중엔 갑자기 눈이 떠졌다
너무 깊이 걸어들어와
발만 혼자 도망친 기분

듣고 싶었을 말을 들려주려고 나무를 보러 갔다
나무가 고개를 들어 나를 바라보기 시작한다

자귀

오늘부로 너의 모든 계절을 만났어

신비로운 꽃을 피우고
고개를 떨군 채 차곡차곡 말라가고
앙상한 가지 위에 흰 눈을 받아 안는 너의 모든 계절을

하고 싶은 말이 참 많았는데
내 안에서 이야기가 될 수 있게
기다렸어

한 존재를 안다고 말하기까지
매일매일 건너왔고

건너왔다는 건
두 번 다시는 이전으로 돌아갈 수 없다는 뜻일 거야

내가 볼 때
너도 보았겠지

너는 걷거나 말할 수는 없지만
시간의 목격자가 될 수 있고

내가 어떤 표정으로 네 앞에 서 있었는지는

오직 너만이 알 테니까

살아 있다는 이유로 우리가 나눠 가진 것
동심원을 그리며 가라앉은 것

죽지 마 살아 있어줘
조약돌 같은 말이었을 것이다

거울이 되어주는 풍경들
가라앉은 말이 더 낮게 가라앉는 동안

새잎은 말려 있다
말려 있다가 피어난다
아침, 노트를 펼쳐
펼쳐지는 영혼이라 적을 때

멀리서 보기만 할 생각이었는데 겪고 있다
잎이 떨어지는 순간마다 귀가 아프다

가는잎향유

화원을 찾아오는 사람들에게선 비슷한 냄새가 나요. 무언가를 태울 때 나는 냄새. 옷에 스며든 불과 재의 기운. 그런 냄새를 맡을 때마다 나는 은밀하게 부풀어요.

당신은 자주 멈춰 서는 사람이군요. 당신은 나에게서 안개 숲을 보고 있네요. 강물 위를 떠가야 할 쪽배가 왜 거기 멈춰 있나요. 그 위로는 무성하게 잡풀이 자랐고요. 당신은 그 풍경을 좌초라 부르는군요. 정박은 불가능한 단어라 여기는군요. 시간은 벌을 내리는 존재인가요. 아마도 나는 당신에게 많은 것을 묻고 싶어질 것 같습니다.

그래도 당신의 장면이 마음에 듭니다.

길가에 쪼그려앉아
눌어붙은 초를 골똘히 들여다보는 당신이.

너는 납작해도 알록달록하구나.
언제나 말을 할 줄 모르는 것들에만 말을 거는 당신이.

나는 당신의 불안을 감추기에 적당한 얼굴을 하고 있나요. 내가 보랏빛 꽃을 피워올린다면 그건 당신의 삶에 깊이 관여하기 시작했다는 뜻일 테지만.

다시 나를 말하겠습니다.
나는 광대나물과의 한해살이풀입니다.
생풀을 짓이겨 환부에 붙이거나 말려서 약재로 씁니다.
주로 열을 내리거나 땀을 내는 일을 돕습니다.
그리고 어쩌면

*

그가 나를 데려가리라는 걸 어떻게 알았냐고요?

저는 다만 살아 있었을 뿐이에요.

물빛은 물과 빛의 포개짐이지만
물은 물에게로, 빛은 빛에게로 돌아갈 뿐이죠.

율마

창가가 환해졌네, 말했습니다
그가 나를 처음 이곳으로 데려오던 날이었습니다

율마는 측백나무과에 해당됩니다
강한 빛을 좋아하며 특유의 향을 지니고 있지요
어린나무일수록 물을 더 자주 주어야 합니다

그는 동봉된 메모를 꼼꼼히 읽으며
내 앞에 한참을 서 있었습니다
무언가를 잃어버린 사람처럼 보였습니다

그의 하루를 지켜봅니다
잠에서 깨어나 상을 차리고 먹다 만 밥을 치우고 티브이
를 보다 다시 잠드는 생활입니다

그는 좀처럼 외출하는 법이 없습니다
그에게 발이 있다는 게 놀라울 정도입니다
아주 가끔 고개를 끄덕이거나 눈물을 글썽이는 것 외엔
미동도 없습니다
물과 햇빛이 필요한 건 오히려 그쪽인 것 같습니다

나는 알지 못합니다
그가 왜 그런 모습으로 존재하는지

내가 왜 이런 모습으로 여기에 있는지

다만 나의 잎은 뾰족하여 악몽을 터트리기 좋고
흙은 비밀을 감추기에 적당한 재료인 것입니다

내가 아주 작은 씨앗이었을 때
누군가 내게 했던 말이 떠오릅니다

너는 추위에 강하게 설계되었단다
찌르거라 다만 찌르거라

이제 세상은 일요일
어김없이 그의 잠꼬대가 들려옵니다
아마도 그는 측백나무숲을 헤매고 있는 모양입니다
밤은 깊고 땅은 얼고
짐승 울음소리 사방에서 들려오는

그의 잠을 지키는 일

나는 그의 갈퀴가 되고자 합니다
주머니 속 조약돌이 되고자 합니다

슬픔이 작동하는 회로를 아는 사이

— 나는 그것을 가족이라 부릅니다

—

변화하는 새의 형태

1
흰 장막 뒤에서 파닥이는 소리가 났을 때
그는 새를 떠올린 사람이다

2
그는 세상에서 가장 슬픈 단어는
새라는 생각을 지속해왔다

언젠가 그는 새의 탈을 뒤집어쓰고
공터를 뛰어다니는 사람을 보았고

우스꽝스러운 날개가 펄럭일 때마다
사람들이 깔깔거리던 장면을 떠올리고는 했다

그때 그는 고개를 숙이고 그곳을 빠르게 지나쳤다

3
그는 자주 발끝으로 서 있다

자신에게서 날개가 돋아난다면 등뒤가 아닌
발끝일 거라 생각했다

피가 쏠리는 느낌이 좋았다

— 피의 몰두 피의 몰두 박자를 세며

오래 버티지는 못했다
새의 탈을 쓴 사람이 창밖에서 그를 들여다보고 있었기
때문이다

4
어리석군요, 당신
흰 장막 뒤에서 내가 흔든 건 깃발이었어요
파닥이는 모든 것이 새는 아니죠
그런 꿈이 찾아온 밤이면

그는 깃발에 새를 그려넣는 방식으로 대항했다
이제부터 깃발과 새는 분리될 수 없습니다
피부가 된 소리는 벗길 수 없습니다

5
새는 매일 날아오고 매일 죽는다

공인 날에는 멀리 차고
비눗방울인 날에는 후후 분다

무릎에 냅킨을 펼쳐 새의 다리를 쉬게 하는 일로 식사 기

—

도를 대신하고
　주어진 접시는 깨끗이 비운다

6
　그는 자주 신발을 돌려놓는다
　출발하기 좋은 자세를 유지한다

　오늘은 마중을 가야겠어요, 그의 말끝을 따라가면
　어김없이 파닥이는 소리가 들린다 피가 쏠리는 쪽으로 새
들이 날아가고 있다

하나의 새를 공유하는 사람들

당신이 쓴 편지를 읽었습니다. 하루 중 대부분의 시간을 창가에서 보낸다고요. 창밖은 대체로 고요하지만 어느 늦은 저녁, 수풀로 날아간 새의 이름을 벼락같이 알아차린 순간이 있었다고요.

저는 백 년 뒤의 창가에 서서 당신을 바라보고 있습니다. 이곳까지 오는 길이 쉽지는 않았습니다. 처음엔 수풀이라는 말에 붙들렸고 그다음엔 벼락같다는 말. 알아차렸다는 말. 당신의 단어들은 깨진 유릿조각 같았습니다. 이어붙이면 되살릴 수 있을 거라 생각했어요.

당신의 창가에 오니 알겠습니다. 밤과 수풀은 구분되지 않습니다. 당신과 새는 구분되지 않습니다.

제가 당신을 알아볼 수 있을까요? 창 하나를 열고 다시 창 하나를 열며 문장의 끝까지 걸어가도

내가 본 것이 새였다고 생각해요? 창 하나를 닫고 다시 창 하나를 닫는 당신이 있어 다시 백 년이 흐릅니다.

편지를 물고 온 나의 개는 데이블 아래시 졸고 있고요. 나의 늙은 개, 라고 고쳐 말하려다 그만둡니다. 백 년은 우스운 시간이에요, 당신을 알아보기에는.

창가로 깃털 하나가 날아듭니다. 그 깃털 하나가 우리 앞에 또 수천의 새를 펼치겠지요.

청귤

오늘 당신은
청귤의 모습으로 오는군요

설익은 것처럼 보이지만
제법 달다고
그 푸르뎅뎅함이 바로 나라고

청귤은 내게 일렁이는 무늬로 말하네요
당신은 나를 제단 위에 올릴 수 있고
구둣발로 짓이길 수도 있지만
나는 어디서든 떳떳하고 공평하다고

나에게서 지옥을 본다면 그건 당신의 지옥이라고
물이면 물, 불이면 불이라는 표정을 짓는군요

흰 천으로 잠시 덮어두었습니다
똑바로 볼 자신이 없었습니다

새를 향해 다가가는 걸음이 새를 쫓는 걸음이기도 하기에

밤이 되기를 기다렸습니다
창밖을 보려면 창문에 비친 나부터 보아야 하는 시간입
니다

놓여 있는 모양 그대로
바라보기
조각내지 않기

보여줘도 모르는 사람이 되지 않게

흰 천을 걷자 청귤이 있습니다
당신은 내게 사랑의 모습으로 오는군요

청귤을 보는데 심장에 화살을 꽂고 걸어오는 맹수가 보
여요
어린 나를 물고 한 발 한 발 오고 있어요
구해달라는 말인 것 같아요

밀물

작은 마을에 초대되었다.

우리는 각자 집으로 흩어져 채비를 한 뒤 다시 만나기로 했다. 오후 한시. 배롱나무 아래.

그런데 배롱나무가 언제부터 여기 있었더라? 약속 장소가 되고 보니 배롱나무가 달리 보인다. 배롱나무는 늦여름에 꽃을 피운다. 배롱나무의 꽃은 백일홍. 백일만 피는 꽃이어서 그런 이름이 붙었다고도 하고 어느 우주비행사가 지구 밖에서 개화시킨 최초의 꽃이라는 이야기도 있다.

배롱나무를 올려다보고 있었을 뿐인데

근사한 여행이었죠?
여독이 풀리지 않은 얼굴로 그가 묻는다.

우리가 다녀왔어요?
그는 싱거운 소리 다 듣겠다며
그나저나 우리 얼굴이 많이 탔네요. 다녀온다는 건 그곳의 태양으로 얼굴을 그을리는 일인가봐요, 했다.

땅거미가 지고 있었다.
어둠에 먹혀들어가는 배롱나무가 보였다.

다이빙대에서 내려다보는 풍경이 이런 것일까.

이것이 당신의 작음이군요.

나는 협곡에 빠진 사람처럼 있다.

　작은 마을에 다녀온 사람은 자신의 커다람 때문에 울게
된다는 전설이 있다. 얼굴을 만졌는데 손이 갈라지는 일이
반복되었다.

3부

너는 나의 가장 무른 부분

본섬

　배가 출발하자마자 속눈썹이 얼어붙었어.

　이 세상 추위가 아니구나. 다음을 기약해야겠다. 비겁해 보여도 할 수 없다고 이쯤에서 생각을 끊어내려 했는데

　본섬은 이미 점처럼 작아진 지 오래였고 배는 계속 반대 방향으로 나아가고 있었어. 이 여행을 어떻게 설명할 수 있을까. 너를 살리고 싶다는 생각이 고이고 고여 바다를 이루고 한 척의 배를 띄웠다는 거.

　이 배엔 조타실이 없고 발로는 올라탄 흔적이 없다. 무엇이 배를 움직이는 걸까. 내릴 수 없다는 걸 알고 나니 꺼내줄 사람을 기다리게 되더라. 그런 존재가 있을 리 없다는 걸 알면서도.

　수평선을 오래 바라보고 있으면, 바다와 하늘의 구분이 의미 없어지는 때가 오고. '새는 북쪽으로 갔다'고 적었다가 '새가 날아간 곳이 북쪽이다'라고 고쳐쓰는 일을 그만두게 돼. 그런 말장난은 반쪽짜리 믿음일 뿐이라고.

　자디 께디 자디 께디. 무엇이 배를 멈출 수 있을까. 이렇게든 너를 찾아 본섬으로 되돌아가고 싶은데 이제 그곳은 눈을 감으면 큰불로 타오를 뿐이야.

안 그래도 잔잔한 바다가 간밤엔 더 고요했어. 숨소리조차 시끄러울 만큼. 어둠 속에서 뒷걸음질치다 무언가를 밟았는데. 뭘 봤고, 뭘 밟았을까. 그후론 배고픔을 모르게 되었어.

손가락을 움직이면, 손가락이 움직이지 않는다. 이곳이 너의 나라이구나. 사월이 끝났을 뿐인데 세상이 끝나버린 기분이 들어.

단차

굴 상자를 들고 너의 집을 찾아가는 길이었어. 겨울 금화
는 굴. 겨울 금화는 굴. 노래진 손을 보며 낄낄거릴 생각을
하면서. 그런데 이상하지, 골목은 뱀처럼 혀를 날름거리며
좀처럼 길을 내어주지 않고. 너의 집을 찾을 수가 없어. 너
의 집을 찾아갈 수가 없구나.

사람들은 너의 고양이가 사라졌다고 했어. 낯선 사람들이
너의 집에 들이닥쳤을 때 벌어진 문틈 사이로 달아나버렸다
고. 고양이 탐정을 부르고, 너의 옷을 흔들어도 돌아오지 않
는다고. 나는 굴 상자를 들고 너의 집으로 가고 있는데. 겨
울이 아니면 굴을 먹을 수 없는데.

너의 물건들은 자루에 담겨 불태워지고. 벽은 새 벽지를
바르고 뒤돌아앉아 모르는 척. 너의 집은 깨끗해졌다고 했
어. 곧 새 주인을 찾을 거라고 했어. 너의 집을 코앞에 두고.
이러다간 굴이 썩을 것 같은데.

필요한 일이 생길 거예요. 어느 밤엔 누군가 우산을 건넸
지. 이제 그만 굴 상자를 내려놓고 우산을 받아들고 싶기도
했어. 큰비가 오면. 굴이 다 썩고 나면. 그 굴을 어떻게 해
야 할지 캄캄해져서.

너의 집은 거기 그대로 있는데 너의 집을 찾을 수가 없어

서. 골목을 떠나지 못하고 있어. 한 계단씩 내려가고 있어. ―
아흔아홉 계단을 내려갔어도 살아서는 내려갈 수 없는 단
하나의 계단이 있어서. 귤 상자를 끌어안고 있어. 두 번 다
신 쏟지 않으려고.

진앙

나의 호주머니 속에는 이상한 말들이 많다
가령 네가 죽었다는 말

나는 다만 비를 기다리고 있다 당분간 비 소식은 없다

아이들은 돋보기를 들고 몰려다닌다
빛을 모아 나뭇잎을 태우는 놀이
그렇게 하면 견뎌지니?
아이들은 수상하다는 듯 달아나고

구멍 뚫린 나뭇잎을 주워든다
빛을 모아 눈을 태우는 상상을 한다

걷다보니 또 이곳으로 흘러왔어
네 그림자가 떨어져 있던 곳
바람도 없이 꽃이 흔들린다
어떤 자장가로도 잠재울 수 없는

꽃을 꺾는다
빛은 더 쓰라려야 한다는 뜻이다

우주의 균형을 맞추는 저울은
너를 덜어내고 무엇을 얻었을까

얻었을까

신발을 벗어도 길은 끝나지 않는다 발목을 타고 기어오
르던 길들이
얼굴을 휘감으려 하고 있다

토끼 연주

1

아들의 토끼가 죽던 날, 아버지는 그림을 그렸어. 아들이 토끼를 안고 있는 그림을 말이야. 그리고 그 그림을 팩스로 보냈어. 멀리 있는 아들에게.

둘 사이엔 아득한 거리가 있었다네.

2

그림 속에서 음악이 들렸네. 저녁이 활을 들고 토끼를 켜고 있었지. 음악은 그림 밖으로 흘러나와 세상을 물들이기 시작했네. 벤치에 앉아 노을을 바라보던 사람을 일으켜 집으로 달려가게 하고, 침대 밑에 봉인돼 있던 작은 상자를 열게 했네. 그 침대는 새하얀 침대였고 부풀었다 꺼지는 가슴을 기억하는 침대였네. 창밖으론 예배당이 내려다보였지.

3

저녁은 활을 들고 토끼를 켜고 있었네. 그가 연 나무상자에서도 음악이 흘러나왔지. 빵의 완성을 알리는 타이머 소리, 오븐을 여는 손, 태풍에 창문이 깨어지고 나무가 뿌리 뽑힐 때마다 빵냄새가 진동하던 집. 이렇게 늦은 시간에 빵을 구워도 되나요? 네가 무섭지만 않다면 한밤중이라도 좋다는 다독임, 사진 속에서 웃고 있는, 백 년도 더 된 장면들. 그리고 그는 말없이 상자를 닫고 좀전의 벤치로 되돌아왔네.

4

　알 수 없는 힘이 상자를 열게 했다는 것 외엔 별다를 것 없
는 저녁이었네. 그러나 저녁은 활을 들고 토끼를 켜고 있었
지. 그는 들리지 않는 토끼 연주를 듣고 있었네. 그날의 노
을이 토끼 눈 같다고 생각하면서. 나무도 고개를 흔들며 장
단을 맞췄네. 종탑을 오르던 사람은 종탑을 오르고. 비 온
뒤 땅이 묽어 팽이가 잘 돌지 않았다는 것 외엔 별다를 것
없는 저녁이었네.

* 존 버거와 이브 버거의 편지 모음집 『어떤 그림』(신해경 옮김, 열
화당, 2021, 99쪽)에 수록된 그림과 일화를 참조했다.

북극진동

밀가루 포대를 보면 뼛가루가 떠오른다

당신은 나를 꾸중하며
밀가루는 빵의 재료일 뿐이라고
갓 구운 빵의 풍미를 사랑해보라는 말을 한다

당신의 다독임은 금방이라도 빵을 구울 것 같다
하지만 나의 풍미는 바람 풍에 쓰러질 미,
'바람에 몰려 초목이 쓰러지듯이'라는 뜻의 풍미를 향한다
그럼 쓰러진 초목들은 누가 돌보나요?

내가 떠올린 건 구멍이 송송 뚫린 밀가루 포대
악의 없는 신의 장난으로
폭포처럼 안을 들킨 사람

두툼했던 밀가루 포대가 완전히 납작해진 뒤에야
볼 수 있다
한 사람 안에 얼마나 많은 것이 담겨 있는지

더는 맥박이 뛰지 않는 것이다
아직 따뜻한데도

생의 마지막 1초에는 기차가 몸을 통과해 간대

그래서 부르르 몸을 떠는 거래
그리고 암전, 영원히 암전

중환자실 병상에서 할아버지는
면회 온 가족들 손을 한 번씩 꽉 쥐었다
악력이 엄청났기에
이제 됐다 살았다 꽃놀이 갔다

한 사람을 떠나보내는 우주의 마지막 인사였음을
그때는 알지 못했다
온 세상이 밀가루 밭으로 변한 뒤에야 보이지 않는 기차
를 본다

기록기

나는 심전도 그래프의 바늘,
당신의 숨을 대신해서 적고 있습니다

당신은 바다에 도착해 있군요 언젠가 당신은 흰수염고래에 관한 책을 읽은 적이 있지요 현존하는 짐승 가운데서 가장 큰 짐승, 무리를 이루지 않고 단독 혹은 두세 마리만 산다는, 심장의 질량은 일 톤에 달하며 몸 뒷부분엔 흰색 반점이 많다는 이야기, 왜 하필 지금 그 기억이 당신을 이끌었는지 알 수 없지만 흰수염고래를 바라보는 당신의 숨은 고요한 궤적을 그리는군요 흰수염고래는 집을 향해 헤엄쳐가고 있네요 내가 있는 세계에서는 가랑비에도 발이 퉁퉁 붓곤하는데 이곳에선 온몸을 흠뻑 담가도 소매끝조차 젖지 않네요 당신은 망설임 없이 흰수염고래 등에 올라타는군요 가라앉았다 솟구쳐오르기를 반복하며 파도를 일으키는군요 멀어져가는군요 자유롭다고 살아 있다고 느끼나요 그런데 왜 눈시울이 붉어질까요 왜 자꾸 창백한 창틀과 바람에 흔들리는 흰 커튼이 떠오를까요 나는 다 기억합니다 우리 함께 지나온 청보리밭 넘실대던 길, 나무둥치에 앉아 숲의 비밀을 듣던 시간, 타닥타닥 타오르던 모닥불소리, 담요의 촉감과, 흰모래사장에 들개처럼 서서 바라보던 석양까지도…… 당신의 감은 눈 속에 이렇게 넓은 세상이 들어 있을 줄 몰랐어요 이 모든 건 당신에게 어떤 의미일까요 보고 싶었던 걸 보았을까요 찾았을까요

하지만 너무 오래 물속에 있는 건 좋지 않아요 이제 그만
나와 함께 뭍으로 가요 혼자 있고 싶은 거라면 아무에게도
방해받지 않을 오두막을 지어줄게요

뭍에도 아름다운 것들이 많이 있어요 곧 가로등에 불이
켜질 시간이에요

그만 깨어나주세요

자꾸 그렇게 자신을 잊으려 하지 말아요

겨울의 행방을 물으신다면

얼굴은
목이라는 벼랑 끝에 놓인
어항,

이끼로 뒤덮여 있다

안쪽까지 깨끗이 닦고 싶어서
물가로 갔다

비를 내려주세요
살아 있고 싶어요

오긴 왔는데
폭우였다

나뭇가지에 뺨을 긁혔어요
흙탕물이 출렁여서 앞이 안 보여요

정오의 태양 아래
주저앉아 있다

무사히 옮겨낼 수 있을까요
나의 영혼

나의 물고기

기도를 하면
죽음이 와서

모래로 뒤덮인 나의 어항

횡단보도의 불이 바뀌었는데
건너는 사람이 없다

나만 홀로 반대편으로 건너왔을 때
아 겨울이 왔구나
알게 되고

망각은 산책한다

보내고 돌아온 사람의 곁에
망각은 있다

　　비가 다녀간 흔적이 있군요
　　흙이 마르려면 시간이 걸리겠어요

망각은 커튼을 걷고 찻물을 데운다
다 타기까지는 두 시간도 걸리지 않았어요
새하얀 식탁보를 바라보며
선 채로 허물어지는 사람 곁에

망각은 창을 열고 손짓한다
망각의 손짓 한 번에 노랑턱멧새가 날아온다

　　멧새는 텃새예요 텃새는
　　계절이 바뀌어도 떠나지 않고 머무는 새를 뜻해요

물은 쉽게 끓는점에 도달하고

　　산책할까요?

당신은 축복받은 새에게서
시끄러운 새,

닫히지 않는 불의 입구를 본다

한 마리의 몸을 가르고
수십 마리로 날아오르는 새들을

당신은 모든 것을 등뒤로 보내려 하고

망각은 오르막길을 좋아한다
한 걸음 뒤에서 걸으면
당신의 쏟아지는 뒷모습
발자국까지 집어삼킬 수 있기 때문이다

　　끓어요, 휘발되도록

뒤돌아보면 아무것도 없게

　　지워줄게요, 전부

잡아먹히며 평온한 하루가 간다

북 치는 소년

당신이 또 나를 깨웠군요.

　　　　　당신이라는 작은북을 두드립니다.

기어이 나를 이 꽃밭으로 데려왔군요.

　　　　　그리움은 문을 여는 법이죠.

꽃구경은 실패로 돌아갔어요.

　　　　　이곳은 꽃밭이지 법정이 아니에요.

할머니 꽃 좀 봐 지천이야. 꽃 좋아했잖아.

　　　　　말이 끝나기가 무섭게 할머니가 주저앉았죠.

간청해도 소용없었어요.

　　　　　오랜만에 몸을 입어 무거우셨을 거예요.

입김 한 번에 꺼지는 촛불처럼 할머니.

　　　　　그것이 죽음의 일인걸요.

죽은 사람 이야기는 그만하고 싶어요.

그렇게 하면 이 꽃밭을 떠날 수 있을 거라 생각해요?

계속 나를 이곳에 세워둘 건가요? 나는 이 꽃밭이 아파요.

당신을 두드리는 것이 나의 일인걸요.

왜 그래야 하죠?

내게는 북이 있고, 북을 치면 흘러나오는 음악이 있으니까.

북이 먼저인가요, 음악이 먼저인가요?

꽃밭이 먼저 있고, 꽃밭보다 먼저 꽃밭의 슬픔이 있죠.

내가 이 꽃밭을 불태우면 당신도 사라지나요?

오, 가엾은 작은북, 시간은 흐르는 것이 아니에요.

이곳엔 어떻게 들어온 거죠?

내가 당신 안에 있으니까.

왜 하필 꽃밭이었어요?

의미 없이도 다음 장으로 넘어갈 수 있어야 해요.

당신은 누구죠?

이야기에는 끝이 없다는 사실을 아는 사람.

확대경

덜 굳은 시멘트 위에 누워 있다. 돌이 되어보면 알 수 있을
까. 체온을 잃어가는 일, 뜬눈으로 굳어가는 일,

아이들이 우르르 몰려온다. 여길 봐, 여길 봐 하며. 어떤
아이들은 귀가 없고 어떤 아이들은 입술이 파랗다.

잠 속에서 물크러진 흔적. 같은 높이여야만 보이는. 너희
의 안부가 궁금해서 떠돌던 빛을 데려왔어. 너희는 수중식
물처럼 여전히 싱그럽구나.

이슬방울 속의 우주를 들여다보듯. 가까이에서 너희의 눈
을 들여다보면 사방에서 여름의 실핏줄 터지는 소리가 들린
다. 그건 무섭게 나를 혼내는 천둥소리 같아서

아직 굳지 않은 입술로 말한다. 오래 기억될 자세를 배우
겠다고.

이곳은 완전히 나를 버려야만 도착할 수 있는 세계. 한 아
이가 가던 길을 되돌아와 내 눈을 감겨주고 간다. 나는 잠시
슬퍼할 자격이 있는 사람처럼 굳어보았다.

파동과 경로

밤의 해변가에선 폭죽놀이가 한창이었다

우리는 밤바다를 배경으로 사진을 찍었다
여러 장을 찍어도 사진은 검게만 나왔다

담기지가 않네, 아무것도

그래도 특별했다
우리는 검은 사진을 앞에 두고
눈부신 풍경이라 말했다

사진을 발견한 건 오랜 시간이 지난 뒤였다
그사이 시간은 우리를 뾰족하게 깎아나갔다
가까이에서 본 행복은 먹다 남은 빵조각에 불과했다
접시 위엔 붉은 개미떼가 우글거렸고

망가졌다는 생각에 잠길 땐 어김없이 신발끈이 풀렸다
검은 사진은 어떻게 봐도 검은 사진일 뿐이었다

폭죽은 다시 없겠지
무릎에 머리를 맡긴 채 잠들었다 깨면
한 세기가 지나 있었으면 좋겠어

풀려 있는 신발끈을 본다
검정의 세부를 새롭게 색칠해보기로 한다

깨진 마음을
여기 산처럼 쌓아두고

멀리서 바라본 안쪽은 거대한 유리산을 이루고 있었다
반사된 빛 때문에 좀처럼 눈을 뜰 수 없다

정거장에서의 대화

숲을 거닐 때
숲이 되는 사람이 있고
숲을 잊는 사람이 있다면

묻고 싶었다
그는 어느 쪽이었을지

*

공중에 흩날리는 눈송이를 하염없이 바라보다가
이제 따라갈 준비가 되었다고 중얼거리는

암호도 수수께끼도 아니지만
풀리지는 않는

그는 그런 사람이었다
파괴가 뭘까요? 물으면
한참 뒤
얼굴을 갖는 것이지요, 라는 대답이 돌아오곤 했다

*

그는 긴 여행을 떠나온 듯했다

눈을 감으면 검은 잎들이 파르르 파르르 흔들리는 언덕
이 있다고
그 나무를 찾아서
매달린 영혼들을 구해주겠노라고

자정
세상을 엿듣는 달 하나가 그의 어깨에 걸터앉는 것이 보
였다

*

어제는 이상한 공장에 다녀왔습니다
새가 새에 깃들 때까지 한참을 기다렸다가
그것을 사람의 가슴에 하나씩 옮겨 심는 공장이 있더군요
깃든 새는 붉었습니다
깃든 새는 잠기지 않는 수도꼭지처럼
연필을 깎게 하고 푸른 종이를 찾아 헤매고
문을 부수는 손이 됩니다

*

그리고 그는 버스에 올랐다

유리창 너머를 바라봤지만
창밖을 보고 있는 것 같지는 않았다

죽음에게도 비밀이 있다면
꼭 저런 모습일 거라 생각했다

구스베리 구스베리 익어가네

흰 운동화를 신고
전속력으로 달리는 상상을 한다

구스베리 농장에 사는 너에게
이 신발을 배달하려고

오늘도 너는
시린 눈총을 받으며
무료하게 구스베리를 반으로 가르고 있겠지

생과로 먹기에는
너무 신 구스베리
손을 아리게 하는 구스베리

이쪽에서 저쪽으로
구스베리 산처럼 쌓고 나면
수레에 실려 들어오는 구스베리
처음부터 다시 시작되는 구스베리

너는 중얼거리지
아무도 나를 구해주지 않아
세상이 망해버렸으면 좋겠어
눈을 감았다 뜨면 구스베리 없는 세계로

— 순간 이동을 꿈꾸며

그럴 때 나는 흰 운동화를 벗어 너에게 신겨준다
마음껏 더럽혀도 좋다는 말에
너는 바닥에 떨어진 구스베리 알갱이를 신발 앞코로 으
깨본다
으깨면 으깨지는 알갱이가 너는 밉다

한 사람의 실종에 세상은 아무 관심이 없고
나는 너인 척 구스베리를 반으로 가르고
너는 탐색견의 코처럼 나아간다

좋은 신발이었어요
돌아왔군요, 당신

구스베리 농장으로 걸어들어가는 너의 뒷모습은
해저의 이야기로 출렁인다

구스베리 구스베리 익어가네
간청해도 간청해도 익어가네
구스베리 열매는 구스베리 나무에서 열리네
다른 나무를 꿈꿔도 소용없네 변함없네

—

웬일로 노래를 흥얼거리냐는 사람들의 물음에 너는   ―
세상의 끝에 다녀왔어요, 답한다
너의 호주머니 속에서 심해어 한 마리가 헤엄치고 있다
는 것을
아무도 믿지 않는다

부록씨 삶으로 데려오기

부록씨, 당신은 말했습니다. 나는 부록이다. 내 삶은 부록
이다. 본지는 따로 있다.

어디서 무슨 말을 들은 것인지
며칠째 파리하게 말라가는 당신을 보며
나는 숨겨두었던 실을 꺼냅니다.
아무것도 매여 있지 않은 실입니다.

들어봐, 이건 첫눈의 시작점을 두고 싸우는 연인의 이야
기야.
직접 본 것만 첫눈으로 인정할 수 있다는 사람과
직접 목격하지 않았더라도 첫눈의 다녀감을 인정하라는
사람이
팽팽하게 맞서고 있었지.
실랑이하던 두 사람은 결국 바닥에 주저앉았어.
긴 침묵 끝에 한 사람이 말했지.
그깟 첫눈이 뭐라고 우리를 이렇게 비참하게 만드는 걸까.
그 말이 마법을 일으켰어. 두 사람 다 웃음이 터졌거든.
정말로 비참해서. 비참이 그들 영혼의 겨드랑이를 간질
이는 바람에.

나는 비참이라는 구슬을 실에 꿰어두고
다음 구슬을 찾아 떠납니다.

들어봐, 이건 어느 조각가의 이야기야.

그의 작업실을 찾은 방문객이 창가에 놓인 낯선 조각을 보며 물었대.

이것은 누구의 얼굴입니까. 아그리파도 줄리앙도 비너스도 아니군요.

조각가는 깜짝 놀라 등뒤로 조각을 숨기며 말했대. 아무 얼굴도 아닙니다.

아무 얼굴도 아니라고 말하는 순간 그것은 엄청난 얼굴이 되었어.

불에 태워도 타오르지 않았지.

아무 얼굴도 아닌 구슬이 꿰어진다.

부록씨, 소금쟁이를 본 적 있나요?

소금쟁이는 우리를 다른 시간으로 인도하는 안내자예요.

너무 깊은 물에선 살 수 없어요. 폴짝의 리듬을 알죠.

삶이 잘 쓰이지 않을 땐 너른 바위를 찾아요.

축축한 당신을 널어두고 낮잠에 드는 거예요.

다 끝났다고, 더는 의미가 없다고, 스스로를 한 번 죽였으니 이제부터의 삶은 부록일밖에요.

바위와 낮잠, 창고와 고라니 울음소리, 낙엽과 새벽의 구슬이 차례차례 꿰어진다.
목에 걸 수 있을 만큼 근사한 목걸이가 완성되어간다.

부록씨, 우리가 우리 힘으로 이 물가를 떠날 수 있을까요?
우리가 이 도미노 놀이를 멈출 수 있을까요?

나는 그를 위해 마련한 목걸이를
그의 침대 맡에 놓아둔다.
아침이 오면 목에 걸어봐요. 근사할 거예요.

당신의 겨드랑이를 간질이러 온 비참이 문을 두드릴 때
나는 살짝 당신의 집을 빠져나온다.
노크 소리를 듣고 당신은 무거운 몸을 일으킨다.
문을 열어보면 아무도 없다.

점등 구간

내 인생은 이렇게 시작되었다는 생각이 들어

누군가 내 머리 위에
물 양동이를 올리며 말했지
자, 작은 새야, 한 방울도 흘리지 않고 배달해주렴

나는 어지러웠어
태어나자마자 걷고 있는 자신이
무슨 대단한 보물이라도 되는 듯이 물 양동이를 들고 있
는 모습이

모두가 그런 양동이를 하나씩은 가지고 있었으므로
수긍했지
날개는 늑골 아래 감춰두고
새는 잘 접어두었어

너의 새는 어디에 있어? 물어올 때면
한참을 생각해야 했어
책장 사이에 넣어두었다고 대답할 때도
냉동실에 얼려두었다고 말할 때도 있었지

시간은 핀셋을 들고
흰머리를 제거하려는 집요한 손처럼 굴었어

나는 아직
내가 새인지 새의 탈을 쓴 인간인지
이 양동이는 무엇을 위한 질문인지 대답인지
아무것도 이해하지 못했는데

바닥을 나뒹구는 주인 없는 양동이를 보았지
시간이 그를 데려가버린 거야

이건 오래된 기억일 뿐이야, 기억은 힘이 없지 방심하면
양동이의 물이 흘러넘쳐 온몸을 적시고

나를 이곳에 보낸 숲의 정령을 상상하며 걸을 때면
그 어떤 방지턱도 부드럽게 넘었어

작은 새야, 나도 모르겠어
어쩌다 우리가 한몸에 깃들었는지
무엇이 우리를 끌고 가는지
월담을 꿈꾸는 발꿈치를 갖게 됐는지

내 인생은 이렇게 흘러가고 있다는 생각이 들어

너는 나의 가장 무른 부분

나는 너의 가장 탁한 부분

억지로 꿰매지 않고
다만 갈 뿐

4부

느리게 오는 아침을 맞아요

각인

그는 다섯 개의 칼을 가졌다

나는 색이 곱고 결이 유순한 나무 도장을 하나 집어
그에게 건넨다

그는 먼저 구획을 나눈 뒤
칼을 골라 든다
이 자리에서 삼십 년을 했어요
요즘은 기계로 파는 데가 많지만 도장이라는 게 필시 칼
맛이거든요
묻지 않은 말끝엔 잘 왔다는 말도 잊지 않는다

나는 잘 왔다는 말을 생일 축하인 양 곱씹으며
가게 내부를 둘러본다
한쪽 벽면 가득 열쇠가 걸려 있고
한낮에도 불을 켜야 할 만큼 침침해서
이름을 일으키려면 그의 이마에서 새어나오는 빛을 안내
삼아야 한다

그는 여러 번 칼을 바꿔 든다
곡선을 위한 칼과 직선을 위한 칼
도려내는 칼과 깎는 칼
시작하는 칼과 끝맺는 칼을 지나

서서히 떠오르는 이름을 보면서

당신도 나를 이렇게 만들었겠군요
저 먼 지평선을 향해
무릎을 꿇고 싶은 심정이 된다

그런데 말이에요, 이것들을 열쇠라고 부를 수 있을까요
열쇠 이전의 열쇠들은
자신이 태어나는 순간 열거나 잠가야 한다는 걸 알고 있
을까요
여는 방향이 더 아플까요 잠그는 방향이 더 아플까요

너무 오래 의자에 앉아 있어 의자가 되어버린 적막에게
잠시 속내를 털어놓는 동안

도장이 완성되었다고 한다
가까이에서 보니 생각보다 울퉁불퉁하고 기계로 판 것만
큼 정교하지 않다

값을 치르고 미닫이문을 끼익 연다
등뒤에 다섯 개의 칼, 골몰하던 뒤통수를 남겨두고

문턱을 넘기 전 마지막으로 돌아본다

칼과 열쇠가 한통속인 이유를
도처에 문이 있는 세계에
나를 외로이 남겨둔 이유를 묻고 싶었다

조각 공원

날지 않는 새 한 마리

초입에 있다

가까이 다가가니
날고 있다

애쓰는구나, 너도
청동인 척하면서

주위를 둘러본다
죽은 척하는 것들이 많다

분수대를 따라 아기 천사들
화관 쓰고 트럼펫 분다
행복이라는 팻말에 갇힌 연인
서로를 끌어안고 미소 짓는다
벤치 옆엔 아무것도 쓰이지 않은 책
밤낮없이 읽는 사람 있다

그 자세 마음에 들어요?
대답이 없다

살아 있다는 거 알아요 움직이는 거 들켰어요
대답이 없다

나는 지도를 펼친다
이곳에는 정말 조각이 많아서
다 둘러보려면 일주일도 모자랄 것 같다

그러니까 조각 공원이겠지
나는 조각을 조각으로 보는 연습을 한다
내 식대로 구부리지는 않을 거야
지나온 조각에는 붉은 동그라미를 치며

걷다보니

공원의 끝,
새로운 사람들이 입장하고 있다
그들이 가진 지도는 나의 것과 다르다

나는 공원을 저울에 달아보는 상상을 한다
무게가 거의 나가지 않는다
나는 어딜 다녀온 것일까?

조각 공원은 분명히 있다

나의 출구가 당신의 입구가 되기도 한다

물색

그 집에선 낙엽냄새가 났다

순간 위령이라는 단어가 머리를 스쳤지만
입 밖으로는 내지 않았다 대신
단지 끝에 공원으로 연결되는 길이 있다던데 한번 가볼
까, 말했다

그러나 그리로 가지는 않고

우리는 살 집을 찾으려는 거잖아
오전 열한시인데도 불을 켜야 할 만큼 어두웠어

살아 있는 집은 따로 있다는 듯이
말했다

*

그날은 도망치듯 낮잠을 잤다

수박 속살을 뭉개며 노는 아이들
팔뚝을 타고 흐르는 다홍빛 물

창을 열고 초를 켠다

집은 가진 것을 내보이는데
그럼 나는 무얼 내보이는 사람인가 생각하면서

*

집을 본다, 이불을 개지 않는 집
집을 본다, 파충류를 기르는 집

서향을 선호하는 사람도 있어요 암막 커튼이 필요 없거
든요
벽면 가득 곰팡이가 피었는데 두 사람이 살기엔 이만한
집이 없다고

*

경사로를 따라 굴러간 수박은
너무 커서 맨홀에 빠지지 않았다
결국 쪼개져 붉음을 들키고 만다

*

모든 절단면은 칼의 기억을 가지고 있다

집은 듣고 있었을까
유리컵에 실금이 가는 소리

모르고 물을 따라 마셨는데 목이 따끔하다
잔가시가 가득한 날들이다

물결의 시작

1
내가 죽어 누워 있을 때*
누군가 어깨를 흔들어 깨웠다

살려줄게요, 하지만 심장은 이것뿐
그는 그것이 살인자의 심장이라 했다
대가 없이 줄 수 있으나 기다려줄 시간은 많지 않다고

나는 다시 살고 싶은가
지붕 없는 집으로 되돌아가
쌓인 눈을 치우고 밥상을 차릴 힘이 남아 있나

게다가 그것은 살인자의 심장 아닌가
눈빛이 서늘하게 돌변하고
내 안에서 내가 은밀히 죽어나가도 아무도 모를 일

그래도 한 번은 쓰다듬고 싶었다
죽은 나의 곁을 맴돌던 개의 머리
저 축축한 코

생각이 여기까지 이르렀을 때
나는 나를 부축해 집 쪽으로 걷고 있었다

2
한 사람은 어떻게 물결이 되는가
물속에서 흔들리는 나무와 물 밖에서 흔들리는 나무는 어
떻게 포개지는가

내 안에 든 것이 누구의 심장인지는 몰라도
삶은 내가 그 안에 속해 있기를 원한다
내가 있어서 시작되는 이야기를 듣고 싶어한다

심장의 주인이여 들려줄게요,
담장 너머 흐드러지게 핀 꽃의 이름이 개미취라는 것도
적이 가까워올 때 타조가 모래에 얼굴을 묻는 건 공포 때
문이 아니라
모래 속에서 적의 동선을 예민하게 감각하기 위함이라
는 것도
오늘 처음 알았어요 내일도 놀라운 이야기를 들려줄게요

3
그래서 당신은 누구입니까? 여기 당신 집 맞아요?
어느 밤, 방문을 벌컥 열어젖힌 낯선 이에게는
미간을 가리켜 보일 것이다
저도 모르겠어요 그런데 미간에서 시작된 물줄기가 멈추
질 않아요

어떻게 살 거냐고 묻지 마세요
어떻게 살아 있을 거냐고 물으세요

오늘도 무사히 하루의 끝으로 왔다

나의 범람,
나의 복잡함을 끌어안고서

* 윌리엄 포크너.

수진의 기억

나는 파란 대문을 가지고 있다
죽음이 친구처럼 다정하게 드나드는 대문을
그렇게 겨울이 겨울의 속도로 흐르고
어느새 봄이 왔다며 화분을 들고 걸어나오는 사람을 가
지고 있다

나는 작은 놀이터를 가지고 있다
그네는 우리를 태우고 바다와 숲을 오간다
아이가 엄마가 되고 노인이 풍선이 되어 날아갈 때까지
그네는 멈춰본 적이 없다 풍선은 아이 손에 들려 되돌아
올 때가 많았다

나는 거울과 저울을, 망원경과 현미경을 가지고 있지만
나의 마음은 무엇으로도 측량할 수가 없다
그래서 이토록 많은 골목이 생겨나고 집들이 세워졌을 것
이다
미용사의 손이 분주히 잘라내도 또다시 자라나는 머리카
락들

발치에 수북이 쌓인 마음을 본다
공터가 눈에 띄게 자라고 있다

울기 위해 숨어드는 고양이에게나

옥상에서 빨래를 걷다 말고 노을에 붙들리는 사람에게나
공평하게 도착하는 편지, 그것이 저녁이라면

나는 담쟁이덩굴로 뒤덮인 벽, 무수한 이름들의 주소지,
이삿짐 트럭이 떠나가고 가로등 불빛이 켜진다
작별은 언제나 짧고 차마 실어가지 못한 사랑이 남아 있
어서

누군가 두고 간 안부를 화분에 옮겨 심는다
파란 대문을 열면 놀랍도록 무성해져 있다
나는 불 꺼진 창을 서성이는 온기, 모든 것을 기억한다

* 성남시 수진동.

관제탑과는 연락이 끊긴 지 오래되었고

들개 모양 구름 떠간다

가을,

우리는 각자의 칼을 꺼내들고
각자의 여름을 깎는다

여름을 깎고 남은 껍질이 가을이니까

누가 더 길게 깎는지 시합할까
사과였다면 이길 자신이 있었는데
여름을 깎는 일은 잘되지 않는다
보채는 칼, 헛도는 손

밤길을 걷는데 팔다리가 앙상해지는 기분이 든다면
구름인 줄 알았던 들개가 꿈속까지 달려든다면

제법 가을,

물을 마시는 일이 물의 슬픔을 마시는 일로 느껴진다면

그런데 우리가 정성스레 깎은 여름은 어디로 갔지? 누가
먹어치운 거지?

텅 빈 접시를 바라보며
사실은 등뒤에서 나를 깎는 사람이 있었음을 알아챘다면

정말 가을이 온 것

시간은 아직 깎을 것을 많이 가지고 있다네
가을을 깎고 남은 껍질은 겨울
침묵을 깎고 남은 껍질은 말
자비 없는 칼, 숙련된 손

거리를 걷는데 누구와도 어깨를 부딪치지 않았다면
세수를 하는데 얼굴이 사라져 있다면

겨울도 머지않았다는 뜻

호재

바닥에 굵은소금을 쏟았다

바닥은 추락을 받아 적는 연습장
치워야 할 얼룩이라고만 여겨왔는데

바닥이 더러우니 소금 결정이 잘 보인다
바닥의 어둠까지도 들여다볼 수 있게 된다

그중 하나를 들어올린다

작고 반투명한 다면체
처음 보는

내가 만일 광물 수집가였다면
소금통 안의 보석을 한눈에 알아볼 수 있었을까

먼 행성의 아이가 지붕 위로 던져올린 이빨 조각
오늘부터 이 소금을 그렇게 부르기로 한다

답장을 기다리고 있겠지?
어깨 위로 눈송이가 내려앉기 전에
동굴에 갇힌 과거가 괴물이 되기 전에
새 이를 보내주어야 할 텐데

마음과는 달리 시간은 흐르고
소금은 녹는다
소금이 일으킨 바다도, 바다 위의 집도 함께 녹는다

주워도 주워도
소금은 어디선가 나타난다

물컵에 떨어뜨려 담백한 작별을 연습하거나
혀끝에 올려
죽은 미각을 깨우는 놀라운 이야기를 간청할 때도 있지만

소금은 소금
덥거나 추운 날들이 이어진다

마지막이라고 체념할 때 소금은 밟힌다
소금을 주울 때에는 낮은 문을 통과하듯 고개를 숙이는
동작이 요청된다

아이의 이가 또 빠진 것일까
삶은 기회를 준다

둘레석

여름의 이가 빠졌다
이 문장은 비유가 아니라 사실이다
친구 여름의 신경치료는 앞니 하나가 뽑히고서야 끝났고
이곳의 나는 앞니의 존재를 깨닫는 계절을 난다

나는 여름이
사람들 앞에서 웃음을 참느라 애쓰지는 않았을까
앞니가 있던 자리를 혀끝으로 쓸어보다 공허해지지는 않
았을까 염려하지만

염증을 싹 긁어냈더니 속시원해
너는 임시 치아의 날들을 지나
평생 쓸 가짜 치아의 세계로 성큼성큼 걸어간다
신발주머니 흔들며 귀가하는 아이 같다

너는 벌써 저만치 앞서가는데

방금 전까지 싱그러운 기운을 뿜내던 청보리밭이
황금빛으로 뒤덮이는 속도를 이해하지 못해
둘레석에 코를 박고 서 있는 것은 나의 일

유치 빠지는 순서를 익힌다
구조와 순서를 알고 있으면 덜 두려울 것 같아서

유치 다음은 영구치라는 거
떠난 자리로 반드시 한 번은 되돌아오는 이가 있다는 거
잊지 않으려고

깊은 밤, 사라진 앞니를 유리병에 담아 흔드는 상상을 한다
그것은 좋은 악기가 된다
높은음은 나지 않지만

둘레석은 무덤을 에워싼 돌을 말한다
둥글 수도 각질 수도 있으나 무덤보다 높을 수는 없다
무덤보다 낮은 돌은 무덤보다 낮은 돌의 일을 한다
흩어지더라도 천천히 흩어지도록 둘레의 일을 한다

독 안에

잘라낸 뒤엔 모체 가까운 곳에 두세요
고무나무의 삽수를 설명하는 전문가의 목소리가 밝다

물을 너무 자주 갈아주어도 안 됩니다
가지치기는 대의를 위해 소의를 희생하는 과정이에요

흠칫 놀라게 되는 말들이다
밝음을 신뢰하지만 밝기만 한 사람은 무섭다

난간에서 바닥으로
벽에서 창으로
주인은 나의 거처를 여러 번 옮긴다

멀지도 가깝지도 않은 곁
홀로서기 좋은 위치를 궁리중이다

밤이 되면 독 안에 든 기분이 들 거야
그때까지 햇볕 이불을 충분히 덮어야 해

해결되지 않은 마음을 우후죽순 밀어올리는 계절,
봄이라 했다

태양과의 눈싸움에서 지고 말았다, 여름

마른잎을 전리품처럼 매달았다, 가을
생장점이 닫히는 계절, 겨울
독 안에서
독 안에서

깨버리면 그만일 독이더라도
연두를 밀어올리려는 발걸음

당신은 나의 가지를 잘라 간다
무성하다는 뜻이다

야광운

여름아, 반찬이 쉽게 상하는 계절이 되었어

이런 계절이 되어서야
겨우 답장을 한다

종이와 펜은 넘쳐나는데 마음이 도착하지 않아서
겨우의 자리에 많은 것들을 고이게 만들었어

겨우의 자리는 어떤 곳일까
모든 것엔 제 자리가 있고 그건 결코 슬픈 일이 아니지만
어쩐지 겨우는 영원토록 제자리만 맴돌 것 같고

겨우, 기껏, 고작, 간신히, 가까스로……
내가 사랑하는 부사들을 연달아 적으며
그것들의 겨움을 또한 생각한다

여름아, 왜 어둠을 말할 땐 내린다거나 깔린다는 표현을
쓸까
어제는 야광운을 찍은 사진을 봤어
야광운의 생성 조건은 운석이 부서진 가루와 초저온이래
부서짐과 추위의 결과로 우리가 마주하게 된 것

그것들을 아무 죄의식 없이 아름답다고 말해도 되는 순

간이 올까
　상한 반찬을 버리면 깨끗한 식탁을 가질 수 있을까

　방은 거울로, 거울은 겨울로 이어진다
　여름 한낮에도 수시로 길을 잃는 이유
　거대한 바위 아래 깔려 있는 기분

　절대로, 도무지, 결단코, 기어이, 마침내, 결국……
　그런 말들은 다독여 재우고

　여름아, 이제 나는 먼 것을 멀리 두는 사람으로 살고 싶어
　내가 나인 것을 인정하는 사람으로

반건조 살구

버리러 다녀왔습니다
꼭지를 떠나려면 결심이 필요하니까요
떨어져봐야 흙바닥인 삶이지만
아픔을 모르는 건 아니니까요

버릴 땐 큰 것 위주로 버립니다
휑한 느낌이 좋아서요
속에 뭐가 많은 봄날이에요
나 하나로도 버겁다는 뜻입니다

이 집에 나와 간장종지만 남은 사연입니다
누가 더 옹졸한가 겨루는 대국이지요
바둑에서는 하수가 흑을 잡는다면서요
양보합니다, 이 집엔 결국 간장종지가 남을 거예요

그리울까요 가지 끝에 매달린
요람을 흔들어주던 바람
밤과 나의 은밀한 결속이었던
달빛 실금들

언젠가 바닥에 고꾸라져 있는 저를 만난다면
흙은 살살 털어주세요
처음은 텁텁하고 떫은 법이잖아요

시간이 포기하지만 않는다면
신맛보단 단맛이 강해질 테죠
기다림이 길어질수록 쫀득해질 거예요

위안이 있다면
받을 땐 한 다발이었던 꽃들도
죽을 땐 송이송이라는 것

알맹이 알맹이 느리게 오는 아침을 맞아요
미래요? 놓일 수 있는 식탁은 광활합니다
살구의 색감은 살구만이 낼 수 있습니다
식탁보로 속이지 않은 식탁을 원해요

청혼

나는 손짓합니다
오세요, 나의 집으로

저기 저 산 보이나요
막혔던 벽에 창을 내고
당신을 위한 식탁을 차리고
창가엔 작은 꽃병을 놓아두었으니
우리 함께 산을 옮겨요

저렇게 큰 산을 어떻게 옮기냐고요
네, 산은 옮길 수 없으니 산이지요
하지만 내 안에서 당신이 솟아올랐으므로
나는 높습니다

산은 천천히 깎이겠지요
여름 장마엔 흙더미가 쓸려 내려오고
겨울 혹한엔 죽어가는 산짐승들 구하지 못할 거예요

그러면 우리
더러워진 식탁보를 탓하겠지요
창문이 산을 가두고 꽃병이 꽃을 가두었다고
시름시름 시들기도 할 겁니다

시간의 쇳물이 얼굴 위로 쏟아지겠지요
수수깡처럼 무릎이 꺾일 테고요
우리 예뻤던 산
언제 이렇게 보잘것없어졌지
깊은 밤 이마 위로 서늘한 파도가 덮쳐올 때

대문을 열면 또다른 아침
작은 개 한 마리로 도착해 있을지도요

품에 안아 창가에 앉으면
산은 언제나 거기 있습니다

오세요, 내 가장 찬란한 어둠

한 방울의 피가 흰 천에 스미는 속도로
이 산 이 식탁 이 개
우리의 슬픔을 지켜요

파랑

〈호수, 마음의 푸른 멍〉*이라는 그림을 봤어요
눈에서 떨어진 것이 파랗게 고여 있었어요
파랗구나, 참 파랗구나 골똘해지는데
지금껏 내가 파랑을 몰랐다는 생각이 들더라구요

그렇게 걷게 되는 날이 있어요
거리를 걷는데 마음을 걸어요
마음이 길이구나
마음이 놀이터고 전봇대고 표지판이구나
알게 되는 날이 있어요 가지 끝에 매달린 노란 종 같은

개나리 개나리
개나리는 어쩌다 개나리가 되었을까요
내 마음이 지옥인 것에 이유가 없듯
종이비행기의 추락과
깨진 유리창 사이에도 아무 연관은 없겠지만

나는 불투명하고
오늘 처음 파랑을 배워요
장작처럼 쌓여 있는 파랑
포도송이처럼 알알이 매달린 파랑
그런 건 진실이 아니라고 말해도 상관없어요
파랑은 그물 사이를 유유히 빠져나가는 물고기

양동이를 뒤집어쓰고 부르는 노래

가만히 가만히
내가 나를 들으면 돼요
파랑은 총성이 울리고
출발선에 서 있는 일
흙먼지를 뒤집어쓴 채로 해는 지는데

나의 절망은 가볍고
슬픔은 뻣뻣해요
구겨볼까요 던져볼까요

서둘지 않아요 어차피 갈 곳도 없으니까

파랑이에요 트럭 아래 숨어 멍하니 이쪽을 보는
검은 개의 슬픈 눈
운동화 끈이 풀린 채 걸어가는
사월의 달빛에 대해서도

이제 나는 그것을 파랑이라고 부를 수 있어요
내가 나를 일으켜 걸어요 숨지 않아요

* 윤예지.

ㅡ 미결

사과파이를 생각하면
눈물이 날 것 같은 날들입니다

진심을 다하려는 태도가 늘 옳은 것은 아니라고
멀리 두고 덤덤히 바라볼 줄도 알아야 한다고 생각하면
서도

반으로 갈린 사과파이가 간곡히 품고 있었을
물컹과 왈칵과 달콤,
후후 불어 삼켜야 하는 그 모든 것

사과파이의 영혼 같습니다
나를 쪼개면 무엇이 흘러나올지 궁금합니다

쪼개진다는 공포보다
쪼갰는데 아무것도 없을 거라는 공포가 더 크지만

밤은 안 보이는 것을 보기에 좋은 시간일까요 나쁜 시간
일까요

사실 나는 나를 자주 쪼개봅니다
엉성한 솔기는 나의 은밀한 자랑입니다

ㅡ

아무도 누구도 아무도
들어 있지 않은

반대편이 늘 건너편인 것은 아니라고
속삭이는 문

결말은 필요 없어요
협곡을 뛰어넘기 위해 필요한 건 두 다리가 아니에요

여기 이렇게 주저앉아
깊어져가는 계단이면 돼요
단춧구멍만한 믿음이면 돼요

동률

눈을 떴다 오늘도 살아남았다
아침이다

커튼을 열면
소리 없이 떠내려가는 사람들
아침은 왜 매번 죽음을 동반하고 오는 걸까

방안으로 매서운 북풍이 몰아친다
손안에는 낡은 나사뿐인데
여기서 더 무엇을 할 수 있겠어?
이미 전부를 잃었는데 하나를 더 잃어야 하는 삶이라면

낡은 나사만으로는 다른 계절을 꿈꿀 수 없다
거울 속에는 더는 꺼낼 얼굴이 없다

나의 달력, 나의 엔딩
삐걱거리는 의자에 앉아 생각한다
이대로라면 진 것도 이긴 것도 아니다

창밖에는 새벽과 절벽을 동시에 끌어안은 나무가 있다
바라본다, 내일 내가 살아남을 확률

주먹 쥔 손을 펴면 꼭 그만큼의 불안이 사라진다

지금은 낡은 나사가 새로운 회전*을 시작할 때 —

* 사뮈엘 베케트.

굉장한 삶

계단을 허겁지겁 뛰어내려왔는데
발목을 삐끗하지 않았다
오늘은 이런 것이 신기하다

불행이 어디 쉬운 줄 아니
버스는 제시간에 도착했지만
또 늦은 건 나다
하필 그때 크래커와 비스킷의 차이를 검색하느라

두 번의 여름을 흘려보냈다
사실은 비 오는 날만 골라 방류했다
다 들킬 거면서
정거장의 마음 같은 건 왜 궁금한지
지척과 기척은 서로의 존재를 알고 있을지

장작을 태우면 장작이 탄다는 사실이 신기해서
오래 불을 바라보던 저녁이 있다

그 불이 장작만 태웠더라면 좋았을걸
바람이 불을 돕지 않았더라면 좋았을걸
솥이 끓고
솥이 끓고

세상 모든 펄펄의 리듬 앞에서
나는 자꾸 버스를 놓치는 사람이 된다

신비로워, 딱따구리의 부리
쌀을 세는 단위가 하필 '톨'인 이유
잔물결이라는 말

솥 안에 무엇이 들었는지는 모른다
다만 신기를 신비로 바꿔 말하는 연습을 하며 솥을 지킨다
떠나지 않는 사람이 된다는 것
내겐 그것이 중요하다

슬픔의 모양과 사랑의 모양

이재원(문학평론가)

잃은 것이 있는 사람에게는 무언가가 찾아오기 마련이다. 불타고 상하고 쪼개지느라 생겨난 것들이, 해결되지 못한 슬픔이나 듣지 못한 말들이 잃은 것을 대신해 빈 곳을 채운다. 이런 것들 곁에서라면 말보다 몸이 먼저 반응하므로, 무언가를 잃은 마음이란 말로 설명되기 어렵다. 말을 찾지 못해 말하지 못하고, 아플까 두려워 말하지 않는다. 그렇게 말이 되지 못한 것들이 고스란히 남아, 사람의 깊은 곳에 자리를 잡는다. 자리를 잡아 단단하게 뭉치고, 자신의 무게만큼 가라앉느라 늪을 만들기도 한다. 그래서 하나의 시간을 반복해 겪어야 하는 사람이 있다. "꿈에서 깨어나도 여름. 깊은 물속에 나를 두고 와도 여름"(「터트리기」)인 늪에 갇힌 사람이. 한자리에 고여버린 그의 시간과 그럼에도 멈추지 않는 바깥의 시간, 그 시간의 격차로 인해 늪은 더 깊어질 것이다.

삶의 결정적인 무언가는 이렇듯 말이 되지 못해 보이지 않는 부위에 남겨진 것들과 관련이 있지 않을까. 보란듯이 날카롭게 찌르고 요란하게 몰아치는 무엇보다, 어떤 침묵이야말로 슬픔으로 가득찬 것일 수 있다. 안희연의 시는 이처럼 형태도 말도 이루지 못했지만, 그렇기에 오히려 사람의 마음과 삶의 방향을 결정하곤 하는 것들에 관심을 둔다. 또한 시인은 그런 것들이 어느 계절의 결과물임을 알기에, 특정한 시간이나 사건 자체보다는 그것 '이후의 시간'을 향한다. 삶을 뒤흔드는 순간을 겪은 이에게 관심과 위로는 당연히 필요하지만, 그를 더욱 돕는 것은 잊지 않는 일이다. 사람들은 쉽게 잊지만, 그 일을 직접 겪은 이에게 어떤 순간은 생생하게 살아남아 삶을 장악한다. '이후의 시간'을 잊지 않고, 보이지 않는 슬픔을 알아채는 일이 특히 중요한 이유이다.

그런 면에서 안희연의 이번 시집이 다루는 '돌'의 존재는 특별하다. 하나의 문장에 그것을 쓰는 동안 버려진 무수한 말들이 포함되어 있듯이, 그 버려진 말들이 실은 문장을 단단하게 만들듯이, '돌'에게도 그것을 만든 보이지 않는 '시간'이 있다. 이 시들은 '돌'의 단단함이 보이지 않고 말해지지 않는 시간에서 왔으리라 상상한다. 그래서 돌의 굳은 모양으로부터 "어떻게 슬퍼했는지"와 "어떻게 참아냈는지"를 가늠해보고, 그것이 "나를 사랑하려는/ 노력의 모양"임을 발견한다.(「간섭」) 해결되지 않고 말해지지 않은 것들을 두고 떠나갈 수가 없어 단단하게 뭉치기만 했을, 슬픔과 견딤과 노력의 시간을 바라본다. 발밑에 계속해서 굴러오는 돌을 쥐다가, 거기 있는 것이 "거듭해서 말해져야 하는 이야기"(「발광체」)임을 알아채기도 한다. 돌을 굳게 만든 것이 어떤 견딤이라면, 거기에는 바깥으로 표출되지 못해 안으로만 뭉쳐진 이야기와 말이 담겨 있을 것이라는 발견이다.

분명하게 형태를 가진 '돌'의 모양이 그가 품은 보이지 않는 시간과 말일 수 있다는 상상을 통해, 잊혔던 슬픔은 다시 여기로 소환된다. '돌'의 존재는 보이지 않는 슬픔에 모양을 입혀주려는 노력과 같다. 그러므로 이 시집을 읽는 동안 우리는 자주 슬픔의 모양을 상상하고, 누군가의 슬픔을 곁에 둘 수밖에 없다. 슬픔의 곁에서도 함께 가라앉지는 않는 신비한 순간도 겪는다. 슬픔이 우리를 살리기라도 한다는 듯, 꿋꿋하게 슬픔을 전하는 시가 여기 있다. 그의 말을 함께 들어보자.

*

슬픔을 알아챘다고 해서 그것을 정확히 말할 수 있는 것은 아니다. 안희연의 시는 자신이 목격한 것이 누군가의 진실과 어긋날 수 있음을 기억하고, 겪지 않은 시간과 마음에 대해서라면 함부로 말하지 않겠다고 다짐하는 가운데 쓰인다. 가령 「밤의 석조전」은 석조전을 거대한 돌로 인식하며 "이 거대한 돌이 말하게 하고 싶"어하는 사람의 말이다. 돌의 이목구비를 볼 줄 아는 그는 "밤의 석조전이 감추고 있는 밤의 석조전"에, 시간 속에서도 쓸려가지 못해 여기 남겨진 것들에 닿기를 바란다. 그러나 이 시의 핵심은 이런 문장이다. "눈은 들여다볼 수 있을 뿐 열지 못한다. 닫을 수 있을 뿐이다." 이 문장은 시선의 한계를 짚어냄으로써, 돌의 시간에 닿으려는 화자의 노력이 실패로 귀결될 수밖에 없음을 고백한다. 바라보는 일은 대상과 일정한 거리를 두고 일어나므로, 자신의 방식으로 상대를 판단하거나 규정하게 만들기 쉽다. 그 일방적인 바라봄 앞에서 '돌의 말'은 더욱 멀어진다. 그러나 안희연의 시에서 '시선'은 오히려 관계를 이루는 중요한 역할을 맡기도 한다. 시선의 한계를 체감하면서도 바로 그 한계의 자리에서 다시 바라보기로 하자, 비로소 보이는 것들이 있다.

여기서부터 저기까지가 모두 나의 땅이라 했다. 이렇게 큰 땅은 가져본 적이 없어서. 나는 눈을 감았다 뜬다. 있다.

(……)

하지만 당근은 보고 있었네. 나의 눈빛. 번뜩이며 나를 가르고 간 것.

나의 당근들, 흙을 파고 두더지를 들였다. 눈을 가졌다.

자루를 나눠드릴게요. 원하는 만큼 담아 가셔도 좋아요. 혼자 먹기 아까운 당근들, 수확의 기쁨을 누리며 떠나보낸 땅 위에서

이제 내가 마주하는 것은
두더지의 눈

나는 있다

달빛 아래 펼쳐지는
당근밭

짧은 이야기가 끝난 뒤
비로소 시작되는 긴 이야기로서
　　　　　　　　　　　　—「당근밭 걷기」 부분

　이 시가 낯설고 이상하게 읽힌다면, 그것은 '당근'과 '두
더지'의 존재감 때문일 것이다. 이 시에서 '나'는 "모두 나
의 땅" "나의 눈빛" "나의 당근들" 같은 표현을 통해 유독
반복되는데, 이로써 '나'가 눈앞의 것을 소유하고 있음이 강
조된다. 그러나 '나'라는 말의 반복에도 불구하고, 상황을
주도하는 쪽은 '나'의 편이 아닌 듯하다. '당근'은 내 의지
와 무관하게 자라나고, 그런 당근으로 인해 다시 '두더지'가
내 땅으로 온다. 무엇보다 당근과 두더지는 예상치 못한 상
황 앞에서 당황하는 '나'를 바라보는 자로서 분명하게 존재
감을 드러낸다. 자신을 '나'로 지칭하며 땅을 소유하고 당
근을 수확하는 사람이 행위자이자 주체라는 판단에는 의심
의 여지가 없다. 그러나 이 시는 예상을 뒤엎고 사건과 행위
의 중심에 당근과 두더지를 세워둔다. 이들의 시선을 느끼
는 화자를 통해, 당근과 두더지는 시선의 주체이자 능동적

으로 행동 가능한 존재로 인식되는 것이다. 이렇듯 이 시는 시선의 주체를 '화자'에서 그가 보는 '대상'으로 전환하는 순간을 만든다. 그동안 대상으로만 규정되어온 존재들은 다시, 제대로 보려는 사람 앞에서 시선의 주체로 재발견된다.

눈앞의 상대를 시선의 주체로 인식하는 순간, '나'의 '있음'은 이전과는 다른 방식으로 체감된다. "두더지의 눈"과 화자의 눈이 서로를 응시하는 결정적 순간에 "나는 있다"라는 문장이 쓰였음에 주목하자. "나의 땅"의 존재를 확인하려는 화자가 눈을 감았다 뜬 것처럼, 이 시에서 보는 행위는 무언가의 '있음'을 증명해준다. 이를 참고하면 "나는 있다"라는 문장에서 '나'는 개별적 존재이자 화자인 '나'로 분명하게 수렴되지 않음을 알게 된다. '나'는 두더지의 시선 속에서 자신의 존재를 실감하는 화자뿐 아니라, 자신을 바라보는 이에게 응답하듯 시선을 보냄으로써 자신의 '있음'을 전하는 두더지까지를 포함하는 말로 들린다. 즉 이 시는 두 존재가 서로의 눈을 발견하고 마주볼 때, 그때서야 생생하게 교류되는 '살아 있음'의 감각을 포착한다. "나는 있다"라는 문장에서 어떤 강렬한 선언이 들려온다면, 그것은 이 문장이 '나의 있음'이란 '나'만의 것이 아님을 체감하는 가운데 쓰여서일 것이다. '나'는 이제 '나'이면서 '두더지'이기도한, 다른 말이 된다.

이렇듯 안희연의 이번 시집에서 '시선'은 그것의 한계에도 불구하고 존재와의 교류를 가능하게 하는 중요한 방법으로 제시된다. 바라보는 일이 그를 다 알려줄 수는 없더라도, "보여줘도 모르는 사람이 되지 않"을 수는 있다. 안희연의 시는 "놓여 있는 모양 그대로/ 바라보기/ 조각내지 않기"(「청귤」)를 기억하며, 그의 말에 조금이라도 가까이 가기를 바라는 마음으로, 다시, 마주보기로 한다. 이 시들이 마주보려는 곳에는 사람만이 아니라, 자신의 살아 있음을 말할 수 없어서 저절로 망각된 존재들이 있다. 이들과 마주보기 위해서는 눈앞의 존재를 나를 바라볼 수 있는 자로, 즉 눈을 가진 자로 받아들여야 한다. 그를 주체로 받아들일 때 그 역시 나를 바라보는 순간이, 일방적 시선의 한계가 사라지는 잠깐의 시간이 찾아온다. 이때 비대칭적이던 인간-비인간 사이의 관계는 대등하게 재설정되고, 그로부터 '존재'는 새롭게 경험된다. 분리된 줄 알았지만 실은 이어져 있다는 발견 속에서, 삶은 '함께 있음'의 감각으로 다시 경험되는 것이다. 그리고 시선의 상호성으로부터 얻어진 '함께 있음'의 순간 속에서, 어떤 말들이 떠오른다. 그것은 당근이 수확된 뒤 남겨진 두더지의 말 같은 것, "짧은 이야기가 끝난 뒤/ 비로소 시작되는 긴 이야기"에 관한 것들이다. 안희연의 시는 눈앞의 세계와 마주보려 노력함으로써, 어느 순간 입을 여는 존재들을, "고개를 들어 나를 바라보"(「초령목」)는 존재들을 놓치지 않는다. "매 순간 불타고 있다고 외쳤지만 아무도 듣지 않았네"(「떨기나무 아래」)라는 나무의 말이나, 죽은 '그'의 이야기(「나의 시드볼트」)들이 들려오기 시작한다.

*

『당근밭 걷기』에서 화자는 사람으로 국한되지 않는다. 죽은 자의 영혼이나 식물 등 다양한 존재들이 당연하다는 듯 화자가 되어 자신의 이야기를 들려준다. 그중에서도 '식물-화자'는 여러 편의 시에서 반복해 발견된다. 식물이 화자일 뿐 아니라 시선과 생각의 주체로 등장하는 시는 우선 낯설다. 그러나 이 낯섦은 그동안 화자와 주체의 자리를 차지한 것이 인간뿐이었다는 반증이기도 하다. 즉 '식물-화자'라는 시적 상상에는 식물 역시 시선과 행위의 주체일 수 있다는 인식적 전환이 전제되어 있다. 지금껏 수동적 사물이나 타자로 규정되어온 식물은 안희연의 세계에서 말하고 듣고 생각하는 존재로 되살아난다. '식물-화자'의 존재는 일방적으로 대상화되어온 이의 '말'이 됨으로써 그들의 주체성을 복원해내려는 시도로 보인다. 그러나 어떻게 그의 말이 될 수 있을까. 그가 되어 겪어볼 수는 없지만, 시의 세계에서라면 그의 '눈'이 되어볼 수는 있다. 그의 눈으로 그가 보는 것들을 상상하는 가운데, 그의 시간 쪽으로 다가갈 수는 있다. 안희연의 시는 '식물-화자'를 통해 '그의 말 되기'라는 불가능을 실행하고, 그의 말에 보다 가까이 간다. 그렇게 익숙한 인간 중심의 시선을 식물의 것으로 전환하자, 세계는 이전

155

과는 다른 것이 되어 있다.

식물의 입장에서 그들 자신은 고유한 '나무'로, 즉 특정한 종에 해당하며 저마다의 특성으로 가지와 잎을 내는 존재로 이해될 것이다. '식물-화자' 역시 자신의 이름과 특성을 소개하며 그가 보는 것들을 말한다. 그리고 각각의 나무가 바라보는 자리에는 '사람'이, 무언가를 잃어버렸기에 무기력하고 슬픔에 젖은 듯한 사람이 있다. 나무의 시선에서는 사람 역시 돌봄이 필요한 존재이자 대상으로 발견되는 것이다. 또한 나무는 자신의 자리에서 사람을 바라볼 뿐이지만, 바로 그 바라봄을 통해 사람의 "슬픔이 작동하는 회로를" 그려보고, 그에게 필요한 것을 알아간다. 자신이 할 수 있는 일을, "그의 잠을 지키는 일" 같은 것을 성실히 해나간다(「율마」). 이렇듯 나무의 눈이 되어보자 그가 사람에게 준 것들이 보인다. 나무는 바라보고 곁에 있어주며 사람을 돌보기도 하는, 사람과 감정을 공유하는 주체로 다시 인식됨으로써 그에게 부여된 전형성을 넘어선다. 이때 세계 역시 개별 존재 혹은 인간이라는 단일한 종의 것을 넘어, 그것을 공유하는 다양한 존재들의 관점으로 재경험된다.

봄이면 나무의 곁에는 사람들이 모여든다. 나무의 곁에서 우리가 받은 것이 있다면, 그것이 나무가 자발적으로 준 것이 아니라고는 말할 수 없다. 안희연의 시는 나무의 낯이 됨으로써, 우리가 받은 것들을 그것을 건네준 이의 편에서 재구성한다. 그러므로 나무의 말이 되는 일이란 그와 주고받

은 것들이 있음을 기억하려는 행위이며, 이는 그동안 받는
줄도 모른 채 받아온 것들을 그에게 되돌려주는 시의 방식
이기도 할 것이다. 이런 방식으로 안희연의 시는 들리지 않
는 말에 한 발짝 더 가까이 간다. 그리고 그곳에서 발견되는
것은 '곁의 감각'이다.

　　한 존재를 안다고 말하기까지
　　매일매일 건너왔고

　　건너왔다는 건
　　두 번 다시는 이전으로 돌아갈 수 없다는 뜻일 거야

　　내가 볼 때
　　너도 보았겠지

　　너는 걷거나 말할 수는 없지만
　　시간의 목격자가 될 수 있고

　　내가 어떤 표정으로 네 앞에 서 있었는지는
　　오직 너만이 알 테니까

　　살아 있다는 이유로 우리가 나눠 가진 것
　　동심원을 그리며 가라앉은 것

죽지 마 살아 있어줘
조약돌 같은 말이었을 것이다

　　　　　　　　　　　　　　　—「자귀」부분

　화자는 나무 앞에서 "내가 볼 때/ 너도 보았겠지"라는 발
견에 이른다. 실은 마주보는 것이었겠다는 발견으로부터 나
무는 화자와 교감하는 고유한 '자귀'가 된다. 이들이 서로
에게서 "어떤 표정"들을 봤다면, 그것은 그냥 지나치기 쉬
운 미세한 마음, 살아 있기에 품게 되는 복잡하고 해결되지
않는 무언가일 것이다. 환희나 슬픔 어느 한쪽만이 아니라,
그 모두가 한곳에서 뒤범벅되느라 생겨난 빛, 살아 있는 자
의 눈에서만 발견되는 빛 같은 것들이다. 화자와 자귀는 서
로를 바라보며 삶의 미세하지만 중요한 장면들을 알아채고,
서로의 살아 있음을 생생하게 목격한다. 바라보는 일은 서
로가 목격한 순간들을 공유하며 '우리'를 이루는 일, "시간
의 목격자"가 되어 다른 이의 삶을 함께 겪는 일이다. 이렇
듯 한 존재를 '아는 일'이 겪는 일이라면, 그것은 아플 수밖
에 없다. 그래서 아는 일은 건너는 일, "이전으로 돌아갈 수
없다는 뜻"이 된다. 내가 모르는 슬픔까지 기꺼이 겪겠다는
결심으로만 누군가에게 건너올 수가 있다.

　그러나 '시간의 목격자'가 된 '우리'가 내내 아픈 것만은
아니다. 서로의 살아 있음을 목격할 때 "죽지 마 살아 있어

줘" 같은 말들이 떠오르기 때문이다. "서로의 목격자"가 되어 함께 아파해주는 존재가 있을 때, 나만의 슬픔인 줄 알았는데 함께 겪어주려는 자가 있을 때, 그의 존재는 "여기도 있다"(「긍휼의 뜻」)는 말이 된다. 곁에 있어주는 마음은 내가 살아 있기를 절실히 바라는 마음이어서, 이 곁의 감각은 "살아 있어줘"라는 말을 만든다. 그리고 안희연의 세계에서라면 한 존재를 살리는 일은 더 많은 이들을 살리는 일이기도 하다. 다른 삶의 목격자가 되기로 결심한 사람은 그가 목격하고 공유한 것들을 통해 한 사람을 넘어서므로, 그를 살릴 때 그에게 포함된 여럿이 살아난다. 또한 누군가를 살리는 일은 일방적으로 일어나지 않는다. 그가 살아난다면, 그를 살린 나 역시 살아나기 때문이다. 살아난 존재는 또다른 이들을 살린다. "한 사람을 구하는 일은/ 한 사람 안에 포개진 두 사람을 구하는 일"(「긍휼의 뜻」)이다.

안희연의 시는 다른 존재와 관계 맺는 순간을 통해, 삶이란 한 사람의 것이 아님을 체감하게 만들며, 그러한 연결의 감각이 서로를 구할 수 있다고 말해준다. 앞으로 겪게 될 것들을 두려워하지 않는 마음으로, '우리'가 더 많은 '우리'를 살리리라는 믿음과 함께, 매일 너에게 건너온다. 그로부터 우리는 무심코 지나친 풍경 속에 우리를 바라보는 이들이 존재했음을, 우리가 바라보기 시작한다면 그들과 마주볼 수 있음을 배워간다. 그리고 이런 시를 읽으면, 공존과 연대의 감각이 특히 식물의 말을 통해 전해지는 까닭을 짐작

― 할 수 있다.

밤이 되면 독 안에 든 기분이 들 거야
그때까지 햇볕 이불을 충분히 덮어야 해

해결되지 않은 마음을 우후죽순 밀어올리는 계절,
봄이라 했다

태양과의 눈싸움에서 지고 말았다, 여름
마른잎을 전리품처럼 매달았다, 가을
생장점이 닫히는 계절, 겨울
독 안에서
독 안에서

깨버리면 그만일 독이더라도
연두를 밀어올리려는 발걸음

당신은 나의 가지를 잘라 간다
무성하다는 뜻이다

                        —「독 안에」부분

이 시에는 나무와 전문가와 주인이 등장하지만, 말하는
자는 나무뿐이다. 나무의 입으로 그가 겪는 계절을 직접 들을 때, 그 모든 계절이 "독 안에서" 이루어진다는 당연한 사실이 이제야 발견된다. 나무가 자신이 뿌리내린 자리를 향해 "깨버리면 그만인 독"이라고 부를 때, 나무가 담긴 '독'은 '삶'이기도 하다. 전부인 듯 여겨지다가도 포기하기로 하는 순간 무의미해지는 것. 나무는 그 어느 계절에서도 평온할 수 없음을 이야기하면서도, 그 계절을 하나의 자리에서 전부 겪게 만드는 '독'을 떠나지는 않는다. 바로 그 '독 안에서' "연두를 밀어올리려는 발걸음"이 된다. 그러므로 이 '연두'에 새겨진 것은 이런 것들이겠다. 겨울마저도 '독 안에서' 견뎌냈다는 사실의 증명과, "해결되지 않은 마음"으로도, 떠나가거나 포기하지 않은 채 모든 계절을 다시 겪기로 하는 결심 같은 것들. 봄의 '연두'는 견딤의 증명이자 다시 견디겠다는 결심이다. 그런 결심 속에서 나무는 잘리고 조각나는 일마저도 기꺼이 맞기로 한다. 모든 계절을 겪어낸 나무는 잘리는 일이란 자신의 무성함으로부터 가능해진다는 것을, 또 그것이 다시 자신을 무성하게 하리라는 것을 안다. 이러한 나무의 말은 "너는 네게 불붙인 손 사랑할 수 있니"(「간섭」)라고 물으며 이 지독한 계절의 배후를 원망하는 마음에게 "틀림없이 이유가 있을 것이다"(「발광체」)라고 답하는 듯 들린다. 계절을 견뎌 봄을 만들어내는 나무의 곁에서, 삶을 견디는 태도가 어떤 것일 수 있는지를 목격한다. 무심코 바라본 나무가 이미 연두로 가득 차올랐다는 사실 때문에 어떤 계절은 마침내 떠나보내게 되기도 하는 것이다.

*

"해결되지 않은 마음"으로도 연두를 밀어올리는 나무의
태도는 엉망인 삶을 대하는 하나의 방법이 된다. 계절의 잔
인함 속에서 배후를 원망하거나 벗어나려 애쓰는 대신, 계
절을 받아들이는 자세. 그러나 계절을 받아들이는 일이 단
지 순응하는 일인 것만은 아니다. 슬픔의 불가피성을 받아
들일 때 중요해지는 것은 그 슬픔을 다루는 방식이며, 그것
을 발명하려는 노력이다. 안희연의 이번 시집은 슬픔의 모
양을 보여주고, 그것을 공유하는 관계의 아름다움을 포착
할 뿐 아니라, 슬픔을 다루는 방법을 적극적으로 발명하기
에 이른다.

가위는 가로지르는 도구다. 가위는 하나였던 세계를 둘
로 나누고 영원한 밤의 골짜기를 만들고 한 사람을 절벽
에 세워두고 목소리를 듣게 한다. 발아래, 당신의 발아래
내가 있으니 그냥 돌아가지 말아요.

절벽을 떠나지 못하는 사람에게도 가위는 있다. 그는 밤
가위로 밤을 깎는다. 밤의 껍질은 보기보다 단단하다. 밤
으로부터 밤을 구하려면 밤도 감수해야 한다. 피부가 사

라지는 고통을. 그래도 조각나지는 않는다. 밤 가위는 밤의 둘레를 따라 천천히 걸어 하나의 접시에 당도한다. 당신 앞에 생밤의 시간이 열릴 때까지.

　당신 발밑으로 이유 없이 새 한 마리가 떨어진다면 제가 보낸 슬픔인 줄 아세요. 저는 아직 절벽을 떠나지 않았습니다.

　　　　　　　　　　　　　　　—「밤 가위」 전문

　언뜻 동일해 보이는 '가위'와 '밤 가위', '밤'과 '밤'은 이 시에서 명확하게 구분된다. 1연에서 '가위'의 날카로움은 '당신'과 화자 사이를 가르고 "영원한 밤"을 만드는 데 쓰인다. 그래서 당신과 나는 절벽을 두고 갈라져 있으며, 말을 주고받을 수도 없어 보인다. 당신과 내가 어떤 사이인지는 분명하지 않지만, 이들이 분리되어 있다는 사실만큼은 명확하게 전해진다. 당신은 잃은 것이 있어서 계속 들으려 하고, 나는 보이지 않는 곳에서도 무언가를 말하려 한다. 그러나 2연에서 가위는 '밤 가위'가 된다. 화자의 것인 '밤 가위'는 이전의 가위와는 다르게 '밤'을 깎는 용도로 쓰인다. 절벽 아래 보이지 않는 곳에서 단단한 밤을 가위로 깎는 사람이 있으며, 그가 밤을 깎으면 영원해 보이던 '밤'은 먹을 수 있는 '생밤'이 된다. 그리고 이렇게 시작된 생밤의 시간은 '당신'을 향해 있다. '생밤'은 밤이기는 하지만 말 그대로

'살아 있는' 밤이므로, 누군가에게 도착해 그를 살리기도 하는 '밤'이 될 수 있다.

'밤 가위'는 자신의 날카로움으로 "영원한 밤"을 만들던 가위와는 다른 일을 한다. 밤 가위가 고통을 감수하면서도 계속해서 깎아낼 때, 단단하게 뭉친 '밤-슬픔'은 열매인 '생밤'으로 전환된다. 가위의 날카로움은 쓰이기에 따라 "당신 앞에 생밤의 시간"을 열어줄 수 있는 것이다. 안희연은 돌이나 밤의 모양으로 굳은 슬픔에 대해, 그것을 없앨 수는 없지만 다르게 다룰 수는 있다고 말한다. "밤 가위로 밤을 깎는" 사람이 있다면, 그로부터 슬픔은 우리를 삶으로 이끄는 중요한 무언가로 전환될 수 있다는 말이다. 이번 시집에서 보이는 다양한 열매들 역시 이와 연관될 것이다. 어떤 경우 '나'는 "비파 살구 매실"(「소등 구간」)의 모양으로 굴러나오고, 때로 "볶아먹고 튀겨먹는 그 가지"(「썰물」)의 모양으로 발견된다. '나'의 가장 깊은 곳에 뭉치고 쌓였을 마음들, 말없이 굳기만 했을 슬픔은 안희연의 시를 거치며 열매의 모양을 얻는다. 여기에는 '돌-슬픔'을 깎아 열매를 만들고, 그것을 요리하기 위해 "매일의 디테일로 맞서는/ 최선의 사람"(「썰물」)이 있다. 자신만의 방식으로 계절을 견디고 보내주며 매일의 삶을 발명하는 사람이다. 그에게서 슬픔의 모양과 사랑의 모양이 실은 이렇게 닮아 있음을 듣는다.

둘레석은 무덤을 에워싼 돌을 말한다
둥글 수도 각질 수도 있으나 무덤보다 높을 수는 없다
무덤보다 낮은 돌은 무덤보다 낮은 돌의 일을 한다
흩어지더라도 천천히 흩어지도록 둘레의 일을 한다
—「둘레석」 부분

'돌-슬픔'역시 다르게 쓰일 수 있다고, 무덤을 에워싸서 "흩어지더라도 천천히 흩어지도록 둘레의 일을" 할 수 있다고 전하는 시다. 떠나지 않고 여기 남아서, 자신의 단단함을 보여줌으로써 지나간 것을 지나가지 않게 만드는 일, 둘레석은 그런 일들을 한다. 이런 시들이 있으므로 잔인한 계절로부터 생겨난 것이 슬픔만은 아닐 것이다. 누군가의 슬픔은 사랑의 다른 말이며, 사랑에도 모양이 있다면 둘레석을 닮았겠다고, 내가 들은 것들을 적어둔다.

계절은 언제나 우리에게 무거운 돌 하나씩을 남기겠지만, 그것이 우리의 전부는 아니다. 중요한 것은 곁에서 전하는 살아 있어달라는 말, 함께 아파하는 일이 다시 시작하는 일이 된다는 믿음, 그리고 돌을 깎아 열매로 만드는 최선의 마음과 "떠나지 않는 사람"(「굉장한 삶」)이 되겠다는 결심들. 안희연의 시가 전한 것들을 내내 기억할 수는 없겠지만, 괜찮다. 그것을 잊지만 않는다면, 우리에게도 열매의 시간이 오지 않을 리 없다.

안희연   2012년 창비신인시인상을 수상하며 작품활동을 시작했다. 시집으로『너의 슬픔이 끼어들 때』『밤이라고 부르는 것들 속에는』『여름 언덕에서 배운 것』이 있다. 신동엽문학상을 수상했다.

문학동네시인선 214

당근밭 걷기

ⓒ 안희연 2024

1판 1쇄 2024년 6월 15일
1판 7쇄 2024년 12월 5일

지은이 | 안희연
책임편집 | 강윤정
편집 | 이희연
디자인 | 수류산방(樹流山房)
본문 디자인 | 이주영
저작권 | 박지영 형소진 최은진 오서영
마케팅 | 정민호 서지화 한민아 이민경 왕지경 정유진 정경주 김수인 김혜원
　　　　김예진
브랜딩 | 함유지 함근아 박민재 김희숙 이송이 김하연 박다솔 조다현 배진성
제작 | 강신은 김동욱 이순호
제작처 | 영신사

펴낸곳 | (주)문학동네
펴낸이 | 김소영
출판등록 | 1993년 10월 22일 제2003-000045호
주소 | 10881 경기도 파주시 회동길 210
전자우편 | editor@munhak.com
대표전화 | 031) 955-8888 팩스 | 031) 955-8855
문의전화 | 031) 955-2696(마케팅), 031) 955-2678(편집)
문학동네카페 | http://cafe.naver.com/mhdn
인스타그램 | @munhakdongne 트위터 | @munhakdongne
북클럽문학동네 | http://bookclubmunhak.com

ISBN 979-11-416-0077-8 03810

잘못된 책은 구입하신 서점에서 교환해드립니다.
기타 교환 문의: 031) 955-2661, 3580

www.munhak.com

문학동네